目次

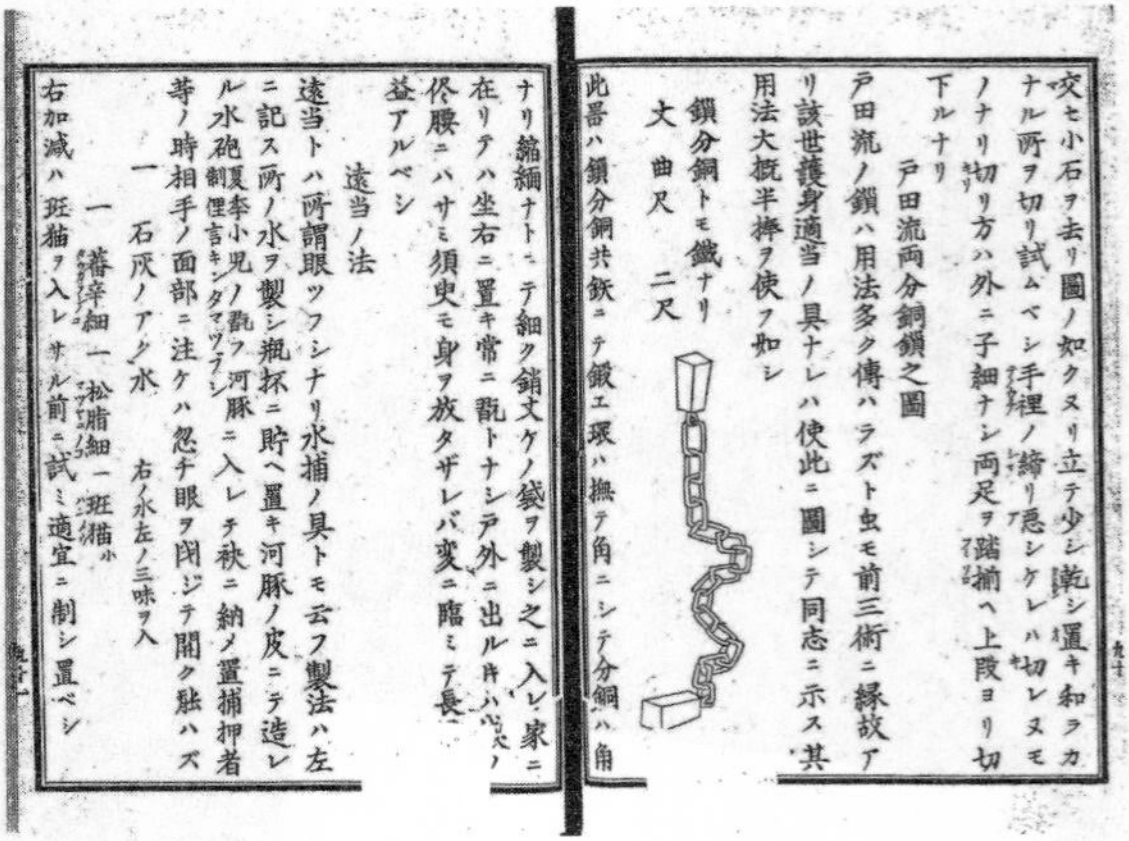
交ヒ小石ヲ去リ圖ノ如クヌリ立テ少シ乾シ置キ和ラカナル所ヲ切リ試ムベシ手裡ノ締リ悪シクレハ切レヌモノナリ切リ方ハ外ニ子細ナシ両足ヲ踏揃ヘ上段ヨリ切下ルナリ

戸田流両分銅鎖之圖

戸田流ノ鎖ハ用法多ク傳ハラズト雖モ前三術ニ縁故アリ該世護身適当ノ具ナレハ使此ニ圖シテ同志ニ示ス其用法大概半棒ヲ使フ如シ

鎖分銅トモ鐵ナリ

大 曲尺 二尺

此器ハ鎖分銅共鉄ニテ鍛エ環ハ撫テ角ニシテ分銅ハ角ナリ締縮ナトニテ細ク鎖丈ケノ袋ヲ製シ之ニ入レ家ニ在リテハ坐右ニ置キ常ニ翫トナシ戸外ニ出ル時ハ此ヲ袂腰ニハサミ須臾モ身ヲ放タザレバ変ニ臨ミテ長キ益アルベシ

遠当ノ法

遠当トハ所謂眼ツフシナリ水捕ノ具トモ云フ製法ハ左ニ記ス所ノ水ヲ製シ瓶杯ニ貯ヘ置キ河豚ノ皮ニテ造レル水砲夏季小児ノ翫フ製俚言キンタマツブシ河豚ニ入レテ秋ニ納メ置捕押者等ノ時相手ノ面部ニ注ケハ忽チ眼ヲ閉ヂテ開ク能ハズ

一 石灰ノアクノ水　右ノ水左ノ三味ヲ入

一 番椒細 一 松脂細 一 班猫小

右加減ハ班猫ヲ入レサル前ニ試ミ適宜ニ制シ置ベシ

分銅鎖　『柔術剣棒図解秘訣』（井口松之助著　明治20年）国会図書館蔵

永代橋　『春色英対暖語』（為永春水著　天保9年）国会図書館蔵

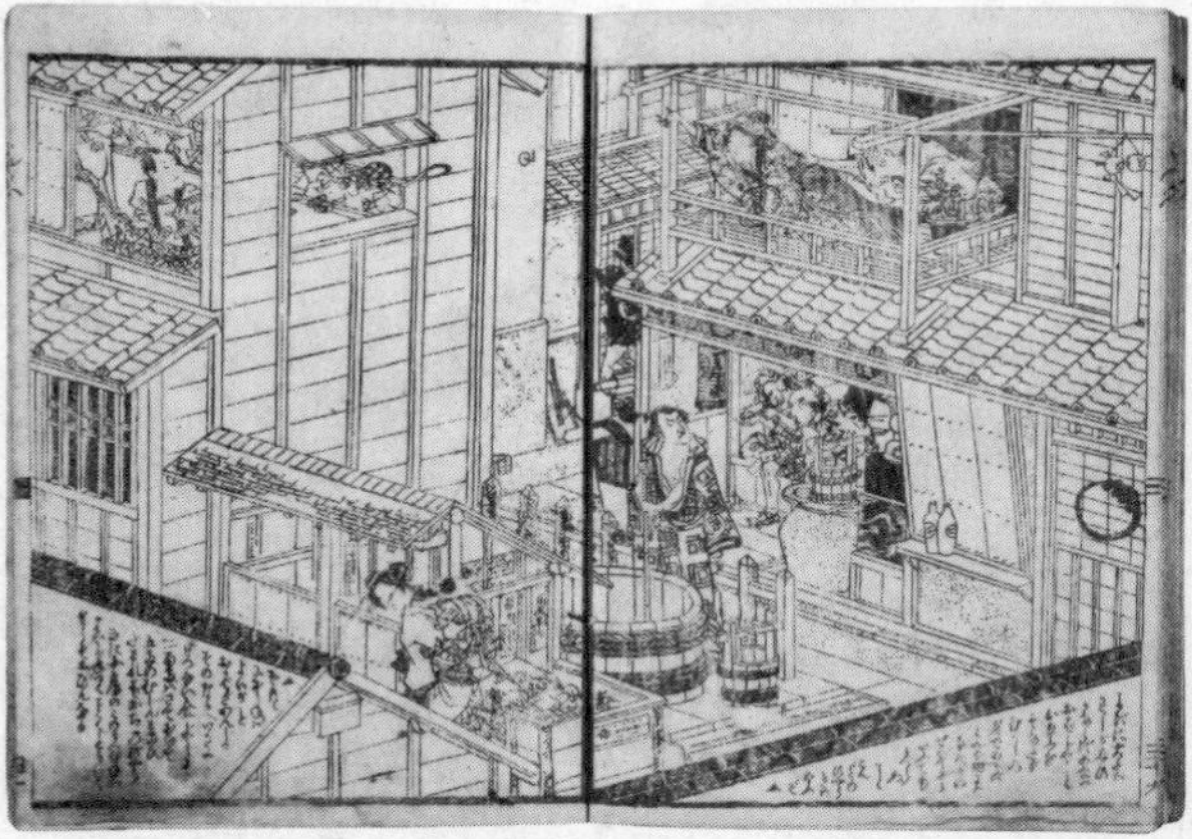

二階長屋　『歳男金豆蒔』（山東京山著 文化9年）早稲田大学図書館蔵

子守りをする女の子
『仮名手本夜光玉』（歌川国貞画 文政11年）国際日本文化研究センター蔵

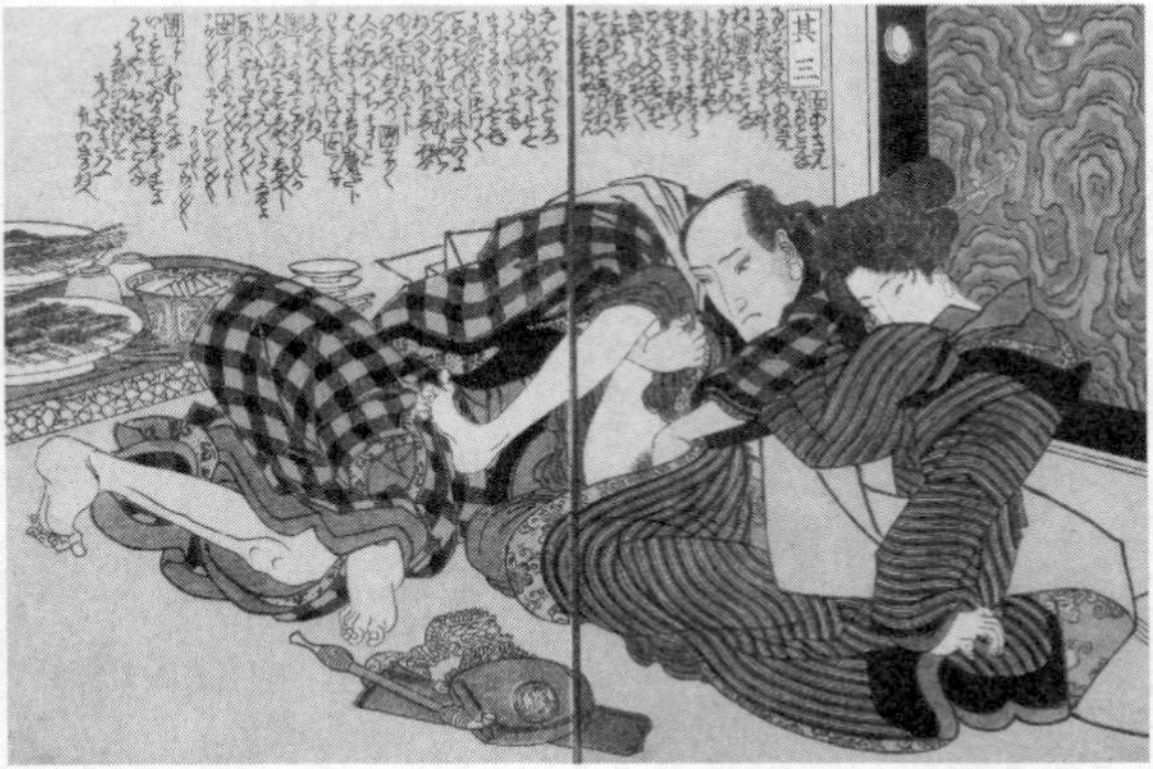

鰻屋の二階座敷
『今様年男床』（歌川国虎画　文政10年頃）国際日本文化研究センター蔵

身請けされた遊女を大門で見送る
『結合縁房糸』（尾上菊五郎著　文政6年）国会図書館蔵

四ツ木通用水の引舟

『名所江戸百景』(広重　安政4年) 国会図書館蔵

吉原廓内

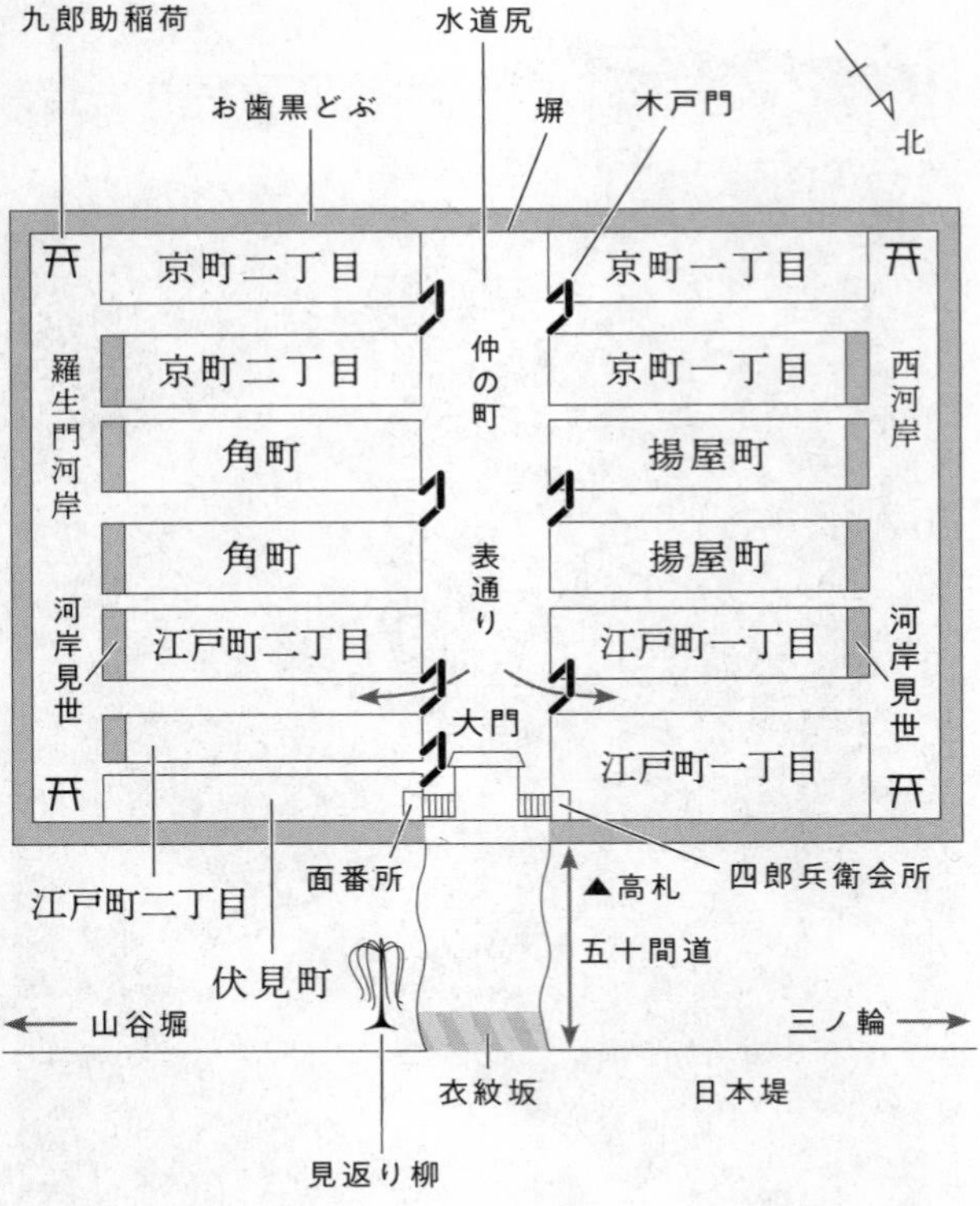

吉原図　『図説 吉原事典』(永井義男著 平成27年)

第一章　向う三軒両隣

（一）

燕《つばめ》がすーっと頭上を飛び過ぎた。

南茅場町《みなみかやばちょう》の、にぎやかな表通りである。

成島重行《なるしまじゅうこう》は飛び去る燕を目で追いながら、近くの商家の軒などに巣を作っているのかもしれないと思った。

そのいでたちから、重行はひと目で隠居とわかる。

縞《しま》の着物に黒の十徳《じっとく》を着て、頭には紫色の丸頭巾《まるずきん》をかぶっている。足元は黒足袋に草履《ぞうり》だった。丸顔で、やや小太り、年齢は四十代のなかば過ぎである。

表通りに面して、白粉《おしろい》問屋と髪結床《かみゆいどこ》があった。その二軒の間に木戸門がある。

「ふう、ようやく帰り着いたか」

重行は低くつぶやく。

さすがに疲れを覚えた。

今日、早朝から目黒不動《めぐろふどう》に出かけてきたのである。着物の袂《たもと》には、門前の桐屋《きりや》という飴《あめ》屋で買った名物の目黒飴《めぐろあめ》が入っている。

べつに自分が食べたかったわけではないし、とくに土産として渡す相手がいるわけでもないのだが、なんとなく買ってしまった。

木戸門をくぐると、細い路地が奥にのびていた。サブロ長屋である。大家の名が三郎兵衛《さぶろべえ》であることから、近所ではそう呼ばれていた。

重行が路地に足を踏み入れた途端、どこやらから声が聞こえて来た。

「おっ母《か》ぁ、銭《ぜに》くんなよ」

「駄目だよ、銭なんかねえよ。お父《と》っさんが帰ってきたら、もらいな」

男の子が小遣いをせがみ、母親が叱り付けている。

フッと、重行の口元がゆるむ。こうしたあけすけな親子の会話は、サブロ長屋で生活するようになって初めて耳にした。

騒々しいと忌避する人もいるかもしれない。だが、重行には新鮮な驚きであり、ほほえましく感じられた。

どこやらからは、赤ん坊の泣き声がする。

この裏長屋に越してきて、そろそろ一ヵ月になるだろうか。

（町家で生活するとは、こういうことなのだな）

重行は改めて思う。

路地の両側は二階建ての長屋が続いている。一軒の間口は二間《けん》（約三・六メートル）で、奥行は三間（約五・五メートル）だった。

突然、背後からガタガタと、けたたましい音がした。

重行が驚いて振り返ると、いましも十歳くらいの男の子ふたりと、女の子ひとりが木戸門をくぐり、路地に駆け込んでくるところだった。

路地の中央にはドブが掘られており、上にドブ板を敷いている。そのドブ板の上を子供たちが下駄履《げたば》きで走るため、その反響は大きい。

重行はあわてて道を譲る。

三人は横を駆け抜けていった。

やはり路地で、八、九歳くらいの女の子が道を譲っていた。背中に赤ん坊をおんぶしている。幼い弟か妹であろう。

赤ん坊を背負った女の子の目には、走って行く女の子への羨望《せんぼう》があった。子守をしているため、自分は走り回って遊ぶことはできないのだ。

子供たちを見送ったあと、重行が路地をしばらく進むと、ちょっとした広場があり、共同井戸、総後架《そうこうか》（共同便所）、ゴミ捨て場がもうけられていた。

広場の隅で、男の子と女の子が何やら激しく言い争っていた。長屋に住む兄妹《きょうだい》である。妹は泣きじゃくり、兄が拳《こぶし》を振り上げていた。

（たしか、正太《しょうた》とお里《さと》だったな）

重行は近寄り、ふたりの前にしゃがむと、声をかけた。

「どうした。何があったにせよ、兄が妹に手をあげるのは、あまり感心せぬな」

「だってよう、お里が嘘をつくから」

正太が憎々しげに言った。

お里はしゃくりあげながら、途切れ途切れに言う。

「嘘じゃないもん、本当だもん」

重行はふと、目黒飴を持っているのを思い出し、

「そうだ、いい物をあげよう。飴があるぞ」

と、袂から紙袋を取り出す。

飴とわかり、お里が泣き止んだ。

兄妹の目は輝いている。

「あーん、してごらん」

重行は袋から、白い飴をひと粒取り出し、お里の口に入れてやった。

正太は右手の指で受け取り、すぐに口の中に放り込む。

ついでに、重行もひと粒、口に入れてみた。米粉と水飴《みずあめ》のねっとりとした甘さが口の中に広がる。

お里が飴の甘さで落ち着いたのを見て取り、重行が言った。

「いったい、どうしたのだ」

「お兄ちゃんが取った」

お里が兄の左手を指さした。

正太は左手を握りしめていたが、白い紙がのぞいている。

「嘘つくな。おいらが拾ったんだい」

「違うよ、あたしが拾ったんだよ」

またもや、お里の目から涙があふれる。

重行は手をのばし、うながした。

「見せてごらん」

正太はためらっていたが、飴の効果もあってか、渋々ながら左手の中の物を渡した。

懐紙の包みで、おひねりのようにひねってあった。

開くと、波銭《なみせん》が三枚、入っていた。波銭は四文である。

要するに、ふたりは十二文の取り合いをしていたことになろう。

「ほう、どこで拾ったのだね」

「ゴミ捨て場の中」

お里が答えた。

いっぽう、正太は総後架を指さし、

「あそこの近く」

と答えた。

「ふうむ」

ふたりの言い分は食い違っている。

だが、誰かが落としたとすれば、総後架に出入りする時と考えるのがもっとも自然であろう。

ゴミ捨て場に落とすなど、考えにくい。まして、捨てる人間がいるとは思えなかった。

拾った場所からすると、正太の言っていることが正しい気がする。

しかし、妹が拾った物を兄が強引に奪うのはありそうなことだが、逆は考えにくい。

ふと思いつき、重行は紙の匂いを嗅《か》いでみた。かすかに生臭い。煮魚の汁をこぼしたときの匂いといおうか。

重行はこれで、どちらが嘘をついているかわかったと思った。正太に向かい、静かに言う。

「そなたは、何歳か」

「十歳」

「すると、そなたは来年には奉公に出るであろうよ。奉公で一番大事なのは、正直なことだぞ。

この紙は魚の匂いがする。ゴミ捨て場には煮魚や焼魚の骨が捨ててあるからな。その匂いが移ったのであろう。

本当は、妹が拾ったのだな」

重行が相手の目をのぞき込みながら言った。

正太はこくりとうなずいたが、その顔はもう泣きそうである。

今度は、お里に向かって言う。

「拾った物は、落とした人に返してやらねばならぬ。わしが、落とした人をさがしてみよう。これは、わしがあずかるぞ。

その代わり、そなたには、わしが褒美《ほうび》をやろう」

重行は財布から波銭と一文銭を取り混ぜて十二文を取り出し、お里の手に握らせてやった。

つぎに、正太に紙袋を渡す。

「そなたには、正直に答えた褒美にこの飴をあげよう。まだ、だいぶ残っているぞ」

そして、最後にふたりに向かって言った。

「おたがいに銭と飴と、半分ずつ交換してはどうか」

「うん」

正太とお里が力強くうなずいた。


ふたりが晴れ晴れとした表情で家に向かうのを見送り、重行も我が家に向かう。

広場の奥にも路地は続き、両側はやはり二階長屋だった。重行の住まいは、そのうちの一軒である。

入口の腰高障子には「じゅうこう」とだけ表記されていた。重行が筆を執って書いたのだが、自分でもうまい字だとはとても思えない。むしろ、丸印だけにしておいた方がよかったかもしれないと、かすかな後悔があった。

すでに陽は西に傾いていたが、腰高障子は明かり採りのため開け放たれている。

「帰ったぞ」

声をかけながら、敷居を越える。

入口をはいると、狭い土間になっていた。

土間の右半分は二畳の広さの板敷で、台所になっている。へっついが据えられ、流しがもうけられていて、そばに水瓶《みずがめ》が置いてあった。

「お帰りなさいませ」

台所にいた下女のお亀《かめ》が言った。

歳のころは五十前後である。すでに髪はほとんど白くなっていた。

「ご隠居さま、お茶を入れましょうか」

「うむ、頼むぞ。歩いたので喉《のど》が渇いた」

土間から上がると、六畳の部屋がひとつだけだった。奥に窓があるので、入口の腰高障子と窓の障子を開ければ、風は吹き抜ける。

部屋の左手に急勾配《きゅうこうばい》の階段があり、二階に通じていた。

重行は六畳の部屋に置かれた長火鉢の前に座ると、まず煙草入れを取り出し、煙管《きせる》の雁首《がんくび》に煙草を詰めた。

火箸《ひばし》を使って、灰に埋《うず》もれていた種火をほじくり出す。

種火で煙草に火をつけ、まず一服した。

お亀が長火鉢の猫板《ねこいた》の上に茶碗《ちゃわん》を置いた。

重行は出された茶をすすりながら、考えにふける。

(さて、どうやって落とし主をさがそうか)

それにしても、合わせて十二文が紙に包まれ、ゴミ捨て場に落ちていたのはやや不審だった。犯罪とまでは言わないとしても、何かいわくがありそうである。たんなる落とし物とは思えない。

重行は大家の三郎兵衛に届ける前に、謎を解いてみたい気がした。

謎解きこそ、重行が隠居前に本当にやりたい仕事だったのではなかったか。もちろん、今回の十二文は、ささやかな謎であるが。

(そうだ、まだ間に合う)

外を見ると、日が暮れかかっていたが、まだ貼り紙の字を読む明るさはあった。

重行は立ち上がると、急いで階段をのぼった。

二階にも六畳の部屋があり、文机《ふづくえ》や文房具が置かれている。文机の前に座ると、

筆を執り、

銭の入った紙包みを拾った。心当たりの人は、隠居の重行まで。

という意味のことを、平仮名を主体にして紙に書いた。
重行は紙を持って階段を降りる。
「お亀、飯粒を、ちょいとくれぬか。二、三粒でよい」
「へい、これでよろしいですか」
お亀が櫃《ひつ》から飯粒を取り出した。
受け取った飯粒を指先にくっつけたまま、重行は下駄をつっかけて広場に行った。
見まわすと、総後架の板壁が最後まで夕日が当たっていそうだった。
近寄ると、総後架は三連だが、そのひとつに女がしゃがんでいた。
長屋の総後架の扉は半扉である。そのため、しゃがんでも外から頭が見えるのだ。
しかし、中にしゃがんだ女は人が近づいてきても、まったく気にしていない。
重行は板壁に、飯粒を糊《のり》にして告知文を貼った。
（よし、これでよかろう）

うまくいけば、落とし主に返還できるのはもちろんのこと、ゴミ捨て場に落とした理由もわかるはずである。わかった途端、「なぁんだ」となるかもしれないが。

明日一日待ってみて、誰も現れなければ、大家に渡すつもりだった。

＊

重行は号である。本名は成島外記《げき》で、南町奉行所の同心だった。

外記は隠居する一年ほど前、隠居後の号を考えるため、漢籍をあれこれながめていて、『詩経《しきょう》』の中の、

行行重行行　行き行きて重ねて行き行く
与君生別離　君と生きながら別離す

が目に留まった。

この漢詩の「行」が意味するのは、辺境への派兵である。

意味合いは異なるが、外記はひたすら歩くという姿が気に入った。とにかく、隠

居後は歩きたかったのだ。「生きながら別離す」という表現にも、外記は心を動かされた。

一般に隠居後の理想の生活として「晴耕雨読」がある。だが、外記は「雨読」はともかく、「晴耕」は好みではなかった。むしろ「晴歩」をしたかった。

というのは、父の隠居にともない、外記は二十代の前半に成島家の家督を継ぎ、南町奉行所の役人となった。しかし、職務は内役であり、判決文や町触れなどの文書にかかわる仕事だった。

朝五ツ（午前八時頃）までに数寄屋橋御門内《すきやばしごもんない》の南町奉行所に着くと、奉行所内で執務し、夕七ツ（午後四時頃）までには八丁堀《はっちょうぼり》の屋敷に帰ってくる。その繰り返しであり、ひたすら書類と向き合う日々だった。

外記は、定町廻り《じょうまちまわ》りや臨時廻りなどの外役の同心を、つくづくうらやましいと思った。外役であれば日々、江戸の町を歩けるのだ。机の前に座り、筆を執って書類を作成しながら、外記は、

（この季節、町を歩くのは気分がいいだろうな）

と、障子の外に目をやることがあった。

「この季節」は、必ずしも春や秋ではなかった。真夏でも真冬でも、室内にこもっ

ているよりは外歩きをしている方が快適に思えた。

さらに、外役であれば、犯罪捜査に従事し、不可解な謎に直面することもあろう。凶悪犯を捕縛するなどの手柄も立てられる。だが、内役であるかぎり、尋問や推理や捕物とは無縁だった。

町奉行所の同心は事実上の世襲である。外記は自分が将来、町奉行所の役人になると自覚したころから、父親の勧めもあって戸田《とだ》流の道場に通った。

戸田流の表芸は剣術だが、裏芸が秘武器の分銅鎖《ふんどうぐさり》だった。分銅鎖は、鎖の両端に分銅を取り付けたものである。

外記は剣術はもちろんだが、分銅鎖の稽古《けいこ》に打ち込んだ。性に合っていたこともあるが、将来役に立つと考えたのだ。つまり――

乱心した武士が往来で刀を振り回していた。足元には、数人の女や子供が血まみれで横たわっている。早く手当てをしなければならない。

自身番から駆け付けた男たちが六尺棒を構えているが、やはり刀を怖がり、近づけない。

そこに、外記が駆けつけた。

「お役人さま、お願いします」

「うむ、そのほうらは、ひかえておれ」

町人たちをさがらせておいて、外記が武士に言う。

「神妙にしろ。刀を捨てよ」

「なにぃ、木《こ》っ端《ぱ》役人が」

男が刀を振り上げる。

次の瞬間、外記が放った分銅鎖がチャリチャリと金属音を立てて刀身に巻き付いていた。

外記がぐいと引くや、男の手から刀があっけなく飛び去る。

「いまだ、取り押さえよ」

外記の指示を受け、六尺棒を持った男たちがどっと武士にのしかかり、押さえ込む。


——いわば、子供っぽい空想だった。

家督を継いだあと、拝命したのは内役だったが、外記はいずれ外役に回されるかもしれないという希望を持っていた。

そのため、戸田流の道場で剣術と分銅鎖の稽古は続けていた。道場に行かない日も、屋敷の庭や部屋で、分銅鎖のひとり稽古は欠かさなかった。

そうするうち、「成島外記は南町奉行所の生き字引」と評されているのを知った。

もちろん、自分の能力が評価されているわけで、うれしくないわけではない。だが、これで外役に転属する望みは絶たれたと思った。

というのは、外記は職務を通じて過去の膨大な判例などを記憶していた。また、それを自在に引き出すことができた。その記憶力の確かさが奉行所内で重宝がられているわけである。となると、上司が外記を外役にまわすはずがなかった。

二十数年間、外記は南町奉行所の同心だったが、その間、刀を抜いたことはもちろん、分銅鎖を実際に用いたことも一度もなかった。


八丁堀には町奉行所の与力と同心の組屋敷がある。

成島家の屋敷も八丁堀の一画にあり、敷地はおよそ百坪あった。それだけの広さがあれば、母屋《おもや》とは別に隠居所を建てるのは充分に可能だった。

しかし、外記は隠居後は屋敷を出ることに固執した。町のご隠居になり、気ままに歩きまわる生活がしたかったのだ。同心だったころの反動といおうか。

家族はもちろん反対した。

妻はすでに死去していたが、成島家の家督を継ぎ、町奉行所の同心となった息子とその妻は反対するだけでなく、父親の意向に苦悩していた。周囲から、自分たち夫婦が父親を追い出したように思われるのが耐え難いのであろう。

最終的に外記がわがままを通したが、息子は条件をつけた。

「父上、ただし、八丁堀の近くにしてください。いざという時、すぐに駆け付けられますから」

外記は、「いざという時」とは、自分が倒れた時であろうと思った。

そこまで言われると、重行も妥協せざるを得ない。本当であれば、上野《うえの》の山や不忍池《しのばずのいけ》が近い下谷《したや》に住みたかったのだが、それはあきらめ、南茅場町に住むことにした。南茅場町と八丁堀は隣町である。

かくして、外記は成島重行と名乗り、サブロ長屋に住むことになった。

しかし、屋敷を出るといっても、炊事・洗濯・掃除などの家事の経験は皆無なので、独り暮らしはとうてい無理である。そこで、成島家に出入りしていた商人に紹介され、お亀を住込みの下女に雇った。

お亀は行商の亭主とふたり暮らしをしていたが、亭主が死んだため生活に困り、住込みの奉公先をさがしていたのだ。

（二）

昼食は、冷飯に湯をかけた湯漬けと、鹿尾菜《ひじき》と油揚の煮付け、それに古漬けの沢《たく》庵《あん》だった。

早朝、下女のお亀が一日分の飯を炊いた。そのため、朝食は炊き立ての飯だが、昼食と夕食は冷飯に茶か湯をかけて食べていた。

成島重行が昼食を終え、今日一日は外出しない方がいいか、それとも午後から出歩こうかと迷っていると、

「ご隠居の重行さんは、いらっしゃいますか。先日、ご挨拶《あいさつ》した草虫《そうちゅう》です。よろしいですかな」

と声をかけながら、男が土間にはいってきた。

やや色の浅黒い、面長《おもなが》な顔だった。年齢は重行より三、四歳年長だろうか。十四、五日前、長屋の一軒に転居してきた。いわゆる「向《むこ》う三軒両隣《さんけんりょうどなり》」で、路地をへだてて左側の一軒だった。

引っ越しの挨拶に来た時、

「草虫と申します。草虫は俳号ですが」

と言っていたものだった。

その時、重行は、俳句の好きな商家の元主人であろうと思った。商家の主人とはやや異質な雰囲気がある気もしたが、もちろん相手の前歴を問うことはしなかった。おたがい、ただの隠居という立場を守りたかったからだ。

草虫が土間に立ったまま言った。

「総後架の板壁の貼り紙を見ましてね。つかぬことをうかがいますが、落とし主は現れましたか」

「いえ、朝から待っておるのですが、まだ誰も来ませんな」

「そうですか。もし、誰かが来て、すでに渡したということであれば、あたしは、『それはよかったですな』

と述べ、すぐに引き上げるつもりだったのですがね」

草虫が意味ありげに笑った。

重行が言った。

「何か、わけがありそうですな。よろしければ、どうぞ、お上がりください」

「そうですか、では、遠慮なく」

土間に下駄を脱ぎ、草虫が上がってきて重行の前に座った。

さっそく、お亀が茶と煙草盆を出す。

草虫が煙草入れと煙管を取り出したが、煙草入れは印伝《いんでん》革製のようだった。煙管筒には螺鈿《らでん》細工がほどこしてある。煙管の雁首《がんくび》と吸口は銀製で、やはり精緻《せいち》な細工がほどこされていた。

重行は贅沢品《ぜいたくひん》にはうとかったが、それでも高価な品々だということはわかった。

草虫は大店《おおだな》の主人だったのであろうか。しかし、大店の主人だった男が裏長屋で隠居生活を送るのは不自然である。

重行は草虫の前歴に疑問が芽生えたが、もちろん表情には出さない。

草虫がにこやかに言った。

「じつは、落とし主はあたしです。しかし、これでは通用しませんな。特徴を述べましょうか」

「はい、お願いしますぞ。本当に落とし主かどうか、まず、たしかめるのが鉄則ですから」

「懐紙のおひねりです。中には波銭が三枚、はいっておりました」

「なるほど、間違いないですな。では、お渡ししますが、その前に、なぜゴミ捨て場などに落としたのですか。ちょいと不思議な気がするのですが」

「落としたのではなく、捨てたのです」

草虫が笑みを浮かべて言った。

重行は少なからず驚いた。ますます謎が深まったといおうか。

「捨てたのですか。しかし、なぜですか」

「酒屋に酒を届けてくれるように頼みましてね。届けに来た丁稚小僧《でっちこぞう》に駄賃を渡そうと思って用意し、袂《たもと》に入れておいたのです。

ところが、たまたま、あたしがちょいと外出している時に届けてきたものですから、権助《ごんすけ》――我が家の下男ですがね、権助が受け取り、あたしは駄賃を渡す機会がなかったのです。

夜、寝る前に総後架に用足しに行ったのですが、月明りがあったので、手燭《てしょく》などは持ちませんでした。用を足して戻る時、袂に紙包みがあるのに気付きましてね。

あたしは、てっきり鼻をかんだときの懐紙を丸めて、袂に入れたままだったと思ったのです。それで、目の前にゴミ捨て場があったものですから、これさいわいと、ぽいと放り投げたのです。

放り投げたあとになって、『あっ、しまった』と気づいたのですがね。もちろん、拾おうとしたのです。ところが、ちょうど建物の陰になっていて、ゴミ捨て場の中は真っ暗で、何も見えないのです。

あたしも、迷ったのですがね。提灯《ちょうちん》を持って来て、たかが十二文をさがすのも大《おお》袈裟《げさ》な気がします。いや、『たかが十二文』などと言うと、青砥《あおと》藤綱《ふじつな》に叱られそうですがね」

「そうですな」

相槌《あいづち》を打ちながら、重行は草虫が青砥藤綱を持ち出したのに内心驚いた。

——青砥藤綱は鎌倉時代の武士で、ある夜、滑川《なめりかわ》に銭十文を落とした。藤綱は家臣に命じて五十文で松明《たいまつ》を買わせ、滑川をさがし、ついに十文を回収した。

ある人が笑って言った。

「五十文を使って十文を取り戻したのでは大損ではないか」

ところが、藤綱はこう反論した。

「川の底に眠ったままでは、十文とは言え天下の貨幣が永久に失われたことになる。ところが、五十文を使って十文を得れば、私は五十文の損をしたが、そのぶん、誰かの利になっている。とすると、天下にとって合わせて六十文の利ではないか」

これを聞き、初めに笑った人は感服したという——

この逸話は『太平記』などに出ており、かなり有名とはいえ、うっかり捨てた十二文に青砥藤綱を持ち出すなど、草虫はなかなかの教養と機知の持ち主のようだ。

「それに、あたしは、この長屋に越してきたばかりですからね。夜中、提灯の灯《あか》りでゴミ捨て場をあさっているのを人に見られたら、怪しまれて、どんな噂が広がるかしれません。

そんなこともあって、いさぎよくあきらめたのです」

「なるほど、そうだったのですか。疑問は氷解しましたぞ」

重行はこれで謎が解けたと思った。

たしかに、わかってみれば、「なぁんだ」と言いたくなるような他愛ない謎である。

しかし、何とも言えぬ爽快感《そうかいかん》がある。

「では、お渡ししましょう」

重行が長火鉢の猫板の下の抽斗《ひきだし》を開け、紙包みを取り出す。

草虫が顔の前で手を横に振った。

「いえ、受け取るわけにはいきません」

「え、なぜですか」

「じつは、聞いてしまったのです。立ち聞きしたようで、申し訳ないのですがね。昨日、あの兄妹《きょうだい》が紙包みの取り合いをしているところを、あたしはたまたま見かけましてね。さて、どうしようかと思い迷っているところへ、おまえさんが通りかかり、ふたりに声をかけました。あたしは気になったので、総後架の横で聞いていたのです。いやはや、感服しましたよ。

兄と妹の言い分を聞いた上で、兄の嘘を暴《あば》き、妹の言い分を認めた手際はじつに見事でした。しかも、最後はふたりに仲直りをさせたのですからね。大岡《おおおか》裁きと言ってよいでしょうな」

「大岡裁きなどと言われては、汗顔《かんがん》の至りですが」

「あの兄妹がおたがいに恨みを残すことのないように決着をつけたのは見事なのですが、結果としておまえさんに十二文を使わせてしまいました。その穴埋めと言ってはなんですが、おまえさんに損をさせるわけにはいかないので、それは受け取ってください」

「いや、そういうわけにはいきません。この十二文はそもそも、おまえさんのものです。お里という娘にあたえた十二文は、わしが褒美であたえたもの。別物ですぞ。これは、おまえさんにお返しします」

その後、渡す、いや受け取らない、の応酬がしばらく続いた。

ついに草虫が折れた。

「わかりました。では、受け取りますが、これで盛大に馳走《ちそう》しましょう。受けていただけますね」

草虫が大真面目な顔で言った。

重行は声をあげて笑い出す。

「はい、それであれば、喜んで馳走にあずかります」

真面目な顔で、十二文で盛大に馳走というのが、なんともおかしい。草虫は菓子などを買ってくるつもりだろうか。

たとえば、串《くし》団子はひと串に四つの団子が刺してあり、値段は四文である。串団子なら三本は買える。

いい年をした男ふたりが、串団子三本を分け合って食べている光景を想像すると、重行は愉快な気分になって来た。

「突然、押しかけてきて、長居をしてしまいましたな。では、これで」

草虫は紙包みをふところに収めながら、頭を下げる。

重行も頭を下げながら言った。

「いつでも、遠慮なく押しかけてきてください。話し相手は歓迎ですぞ」

同心のときには無理だったろうが、いまなら草虫と友人になれそうな気がした。

武士と庶民の身分を取り払って対等に付き合えるのが、まさに隠居のよさではあるまいか。

(うむ、隠居はいいものだな)

重行はつぶやく。

だが、そうしたのん気な隠居暮らしができるのは、成島家から月々、仕送りがあるからだった。

草虫にしても、潤沢な仕送りを受けているに違いなかった。

おたがい、恵まれているといおうか。

＊

草虫が帰っていったあと、重行は遠出をするには時間的に中途半端なため、湯屋に行くことにした。

もともと、江戸の湯屋は混浴だった。しかし、混浴は風紀が乱れる原因になるとして、およそ五十年前の寛政の改革で、幕府は男湯と女湯を分けるよう言い渡した。しかし、その後も混浴はなかなかなくならなかった。湯屋にとって、分離するのは経費がかかるからであろう。

重行が利用している南茅場町の湯屋は男湯と女湯に分かれていた。

相変わらず、洗い場も湯船も込み合っていた。だが、重行は狭い湯船の中で、裸で他人と接するのにも慣れてきたところである。

湯船を出て、石榴口《ざくろぐち》をくぐって洗い場に出たところで、

「おや、ご隠居さん」

声をかけてきたのは、長屋の住人である。

路地でよく見かける顔だったが、名前は知らなかった。

「ああ、おまえさんか。これからかね」

「へい、まず温まらねえとね」

入れ替わりに、石榴口をくぐって湯船に入る。

重行は湯屋から出ると、サブロ長屋の木戸門の横にある髪結床に寄った。

「頭とひげを剃《そ》ってもらいたい」

隠居した時点で、重行は剃髪《ていはつ》したのである。もう髷《まげ》を結うこともなく、月代《さかやき》も剃らなくてよくなったと思ったとき、言いようのない解放感を味わったものだった。

髪結床の主人は、

「へい、かしこまりました」

と言ったものの、自分ではやらず、下職の少年に命じた。

武士姿であれば、主人が担当する。隠居の重行には下職をあてがう。隠居の頭で稽古しろということだろうか。

だが、下職の剃刀《かみそり》の扱いはなかなか上手だった。重行がそれを指摘すると、下職が言った。

「湯上がりは剃りやすいのですよ。ご隠居さん、今度はもっと茹《ゆだ》ってから来てください」

「おい、わしは蛸《たこ》ではないぞ」

髪結床に笑いが広がる。

重行が木戸門をくぐり、路地を歩いていると、入口の腰高障子が開け放たれていることもあって、我が家からぼそぼそと話し声がする。

「ああ、さっぱりした」

声をかけながら、重行が土間に足を踏み入れる。

上がり框《がまち》に、見慣れない若い男が腰をおろしていた。

まだ、前髪がある。松坂《まっさか》木綿の着物を尻《しり》っ端折《ぱしょ》りし、紺の股引《ももひき》を穿《は》いていた。足元は素足に下駄である。そばに、浅黄色の風呂敷《ふろしき》包《づつ》みを置いていた。

向かい合って座っていたお亀が、弁解するように言った。

「申し訳ありません。勝手なことをしまして。

じつは、あたしの孫でして。近くまで来たので、あたしの顔を見に寄ってくれたそうでしてね。それで、つい。申し訳ありません」

「ああ、そうか、べつに謝る必要はない」

重行は部屋に上がって座ると、声をかけた。

「名は何という」

「へい、三吉《さんきち》です」

「何歳だ」

「十三でございます」

「ふうむ、そうか。そんなところに腰かけていないで、遠慮なく上がるがよい」

「ありがとうございます。しかし、もうそろそろ帰りませんと、番頭さんに叱られますから」

三吉が立ち上がった。

置いていた風呂敷包みを取って、首にからげる。

「近くに来たら、遠慮なく顔を出すがよい」

「へい、ありがとうございます」

重行に一礼して、帰ろうとするのを、

「三ちゃん」

と、お亀が呼び止めた。

財布からいくばくかの銭を取り出し、三吉の袂《たもと》に入れてやる。

下女としての給金はわずかである。その中から、孫に小遣いをあたえたのだ。

「ありがとう」

三吉はうれしそうに言うと、路地に出て行った。

重行がそれとなく見ると、お亀は涙ぐんでいるようである。

ややためらったあと、重行が水を向ける。

「三吉はどこに奉公しておるのか」

「富沢町《とみざわちょう》の商家に丁稚奉公しております」

「孫は、何人いるのか」

「三吉ひとりです」

「ほう、たったひとりの孫か」

重行はさらに質問しようかどうか、ちょっと迷った。

考えてみると、これまで立ち入ったことは尋ねたことはなかった。そのため、お亀の身の上についてはほとんど知らない。

だが、重行が迷うまでもなく、お亀の方から堰《せき》を切ったようにしゃべり始めた。

「あたしは米屋で下女奉公をしていたのですが、十七のときに、仲人《なこうど》をしてくれる人があって、鋳掛屋《いかけや》の男と所帯を持ちましてね」

「鋳掛屋というと、壊れた銅や鉄製の鍋釜《なべかま》を修理する仕事か」

「へい、亭主は鞴《ふいご》を持って夏も冬も、町を歩いておりました。

男の子が生まれたのですが、一年もしないうちに死にまして。次に生まれたのは女の子でした。

娘は指物屋《さしものや》に下女奉公していたのですが、仲人をしてくれる人があって、屋根葺《やねふ》き職人と所帯を持ちましてね。婿をもらって継がせるような家ではないですから、娘を嫁に出したのです。

娘夫婦のあいだに生まれたのが三吉です。ところが、三吉が六歳のときに、亭主と娘が流行《はや》り病で相次いで死んでしまいましてね。三吉は孤児《みなしご》になってしまったものですから、あたしども夫婦が引き取って育てたのです。

三吉は十一のとき、住込みの奉公に出ました。ホッとしたものでした。ところが、三吉を育て上げた安心もあったのか、次の年には亭主がぽっくり死んでしまいましてね。

亭主がいなくては、あたしは生活ができないものですから下女奉公をしようとしたのですが、この歳ではなかなか奉公先がなくって。ご隠居さまに雇っていただき、ようやく生きながらえることができました。

いま、しみじみ、三吉を奉公に出すまで、亭主がよく稼いでくれたと思いますよ。もし、三吉が奉公に出る前に亭主が死んでいたら、あたしと三吉は道端に座って物《もの》乞《ご》いをするしかなかったでしょうね」

「ほう、そうだったのか」

重行はお亀の述懐を聞きながら、自分たち武士階級は庶民にくらべて、はるかに恵まれていると思った。

とくに裏長屋暮らしの庶民の場合、働き手が死ぬと、残された家族はたちまち収入が途絶え、生活が行き詰るのだ。

だが、武士の場合、幕臣や諸藩の藩士を問わず、とくに仕事がなくても家禄《かろく》という最低限の収入があった。さらに、拝領屋敷は代々住み続けることができて、しかも家賃は不要だった。

重行は、道端の茣蓙《ござ》の上にお亀と三吉が座り、物乞いをしている光景を想像して胸が痛んだ。

（三）

目を覚ますと、雨が降っていた。しかも、かなり雨脚《あまあし》は強い。

だが、尿意には抗しきれない。成島重行は下駄を履き、傘をさして総後架に向かいながら、裏長屋の生活の不便を痛感する。

（傘をさして小便に行くとはな）

八丁堀の成島家の屋敷には、屋内の雪隠《せっちん》と、庭にもうけた外便所と、二カ所あった。たとえ風雨が強い時でも、屋内の雪隠を使えば濡れずに用が足せたのだ。

だが、重行は武家屋敷に生まれ育ったため、裏長屋の便所に不便を感じる。裏長屋に生まれ育った人間は、ごく普通のことと思っているであろう。

総後架を出て、貼り紙をした板壁を見ると、雨に打たれてすでに剥《は》がれ落ちていた。その代わり、板壁に雨蛙がはりついている。

重行がなにげなく指先を近づけると、雨蛙はひょいと跳ねて、水浸しの地面に落ちた。その後、ぴょん、ぴょんと跳ねて、またもや総後架の板壁にはりついた。

雨はやみそうもない。

(今日の千住《せんじゅ》行きは中止だな)

重行は外出の予定を取りやめた。

日光《にっこう》・奥州《おうしゅう》街道の最初の宿場である千住宿に行くつもりだったのだ。しかし、さすがに雨の中を、蓑《みの》と笠《かさ》のかっこうをして千住宿まで歩く気はしない。

(よし、今日は、『目黒不動に遊ぶ記』を完成させるか)

重行は江戸の近郊を歩き、紀行文を書いていたのだ。

昨日から、一昨日《おととい》訪ねた目黒不動に取りかかっている。名物の目黒飴を買ったのも、題材のひとつになるかもしれないという考えがあったからだ。正太にあげてしまったが、ひと粒は味わったので、言及することはできそうだった。

炊き立ての飯と青菜の味噌汁、それに沢庵の朝食をすませると、重行は『目黒不動に遊ぶ記』の続きを書くため、二階に上がった。

部屋は薄暗い。

路地に面した窓の障子をあけると、雨は降り続いているが、風向きからして降り込みそうもない。そこで、明かり採りのために、障子はあけ放つことにした。

重行は障子をあけながら、なにげなく路地と向いの長屋に目をやる。

真向いは、医者の竹田《たけだ》玄朴《げんぼく》の住まいだった。入口の腰高障子に、

本道外科
げんぼく

と書いてあるので、内科・外科の漢方医とわかる。

重行は引っ越しの挨拶に行ったとき、玄朴と対面した。頭は剃髪《ていはつ》していたが、年齢は三十前くらいであろうか。女房は赤ん坊をおんぶして、家事をしていた。

数日後、下女のお亀が共同井戸で洗濯などをしながら、いわゆる井戸端会議で、長屋の住人から玄朴の噂を聞きこんできた。

「ご隠居さま、お向いの竹田先生ですがね、長屋の人はみな陰では、藪田《やぶた》先生と呼んでいるそうですよ」

「ほう、藪医者《やぶいしゃ》ということか」

「藪と言いながらも、なんといっても近いので、みなはけっこう診《み》てもらいに行っているようですがね」

重行は、玄朴が往診に出向くところを見かけたことがあった。住込みの下男らしき老人が、薬箱をさげて供をしていた。少なくとも、住込みの若い弟子はいないようだ。


玄朴の右隣が、正太・お里兄妹《きょうだい》の家である。父親の卓蔵《たくぞう》が櫛《くし》作りの職人であることは、引っ越しの挨拶に行ったときにわかった。

その後、路地を歩いていても、入口の腰高障子が開け放たれているため、六畳の部屋で卓蔵が小型の鋸《のこぎり》で黙々と櫛に目を刻んでいる様子が見て取れた。

ただし、腰高障子には櫛の絵が描かれ、横に「十三屋」と表記されているのを見て、重行は最初、屋号にしては妙だなと感じた。

しばらくして、

（あっ、そうか。櫛は九四で、九と四で十三になるという洒落《しゃれ》か）

と、ようやく気づいて苦笑した。

卓蔵の頓智《とんち》と言うより、櫛職人仲間の一種の符丁であろう。あちこちの裏長屋で、櫛職人は十三屋と名乗っているに違いない。

玄朴の左隣が、草虫の家である。重行が引っ越してきて挨拶に行ったときは、尺八の師匠が住んでいた。だが、すぐに出て行ってしまい、そのあとに草虫が入居したのである。

いま、入口の腰高障子には、「草虫庵」と記されていた。なかなかの達筆である。

おそらく、草虫が筆を執ったのであろう。ただし、裏長屋にはすんなり「そうちゅうあん」と読める人間はそうそうはいない。

重行はふと、

（いっそ、絵で草と虫を描き、判じ物にすればいいのに）

と思ったが、それこそ余計なお世話になろう。

お亀によると、草虫は蕎麦屋《そばや》や一膳飯屋《いちぜんめしや》からしばしば出前を取っているという。下男とふたり暮らしの男所帯である。下男はかろうじて飯炊きはできても、料理まではとてもできないからであろう。それにしても、草虫の裕福な暮らし向きがうかがえた。

(隠居する前は、何屋だったのだろうか)

やや疑問がつのる。

重行の住まいの左隣(路地から見ると右隣)は、お幸《さち》、お恵《けい》という母娘《おやこ》が住んでいた。娘のお恵は二十歳前後で、色白で鼻筋の通った、なかなかの美人である。母親のお幸も色白で顔立ちはととのっているのだが、どことなく険があり、しかもどことなく卑しい雰囲気があった。

入口の腰高障子には、「清元八木花《きよもとやぎはな》」と書かれているため、重行は最初、お恵は浄瑠璃《じょうるり》の清元節の師匠であろうと思った。たしかに、時々、隣から三味線の音色も響いてくる。

だが、弟子らしき人間が出入りする気配はない。そのため、とても稽古所《けいこじょ》とは思えなかった。

そんな重行の疑問は、下女のお亀が井戸端会議で聞きこんできた内情で氷解した。

「ご隠居さま、お隣は清元の稽古所と言うのは表向きで、お恵さんは妾稼業《めかけ》をしているようですよ。昼間、旦那《だんな》が通ってくるそうでしてね。

あたしは何度か、四十前後のお武家がお隣に訪ねてくるのを見かけ、変だなと思ったのですよ。あれが旦那だったのですね」

「ほう、妾が商売か」

妾は囲者《かこいもの》ともいう。

囲者にもピンからキリまであり、最上級の囲者ともなると、旦那の負担は大きかった。まず、庭付きの家を一軒借りてやる。また、家事全般をになう女中や下女などの奉公人も雇ってやらねばならない。となると、旦那の出費は月に二十両以上になった。

お恵の場合、自宅に母親と同居しながら、旦那を迎えている。囲者としては中位といえようか。

「お幸さんは親孝行な娘がいて果報者だと、長屋では評判ですよ」

「ほう、お恵は孝行娘なのか」

「へい、妾稼業をして、おっ母《か》さんを養っているわけですからね。お幸さんは、娘のおかげで安楽な暮らしができるというわけですよ」

「ふうむ、なるほどな」

重行が二階で文机《ふづくえ》に向かっているとき、隣から女の喜悦のあえぎや、「ああ、いい、いくいく」などの声が聞こえてくることがあった。若いころであれば、心穏やかならぬものがあったであろう。

もちろん、隠居のいまでも、房事の気配にはそれなりに好奇心をそそられる。つい、聞き耳を立てるのも事実だった。しかし、もはや心を乱されるほどではない。猫の鳴き声を耳にするのと、さほど変わらなかった。

(母親の目を盗んで男を引きこんでいるのかと思っていたが、母親も公認の旦那と言うわけか)

重行は、隣家の昼間の情事に納得がいった。

二階はお恵の仕事場になろうか。娘が二階で上げる嬌声《きょうせい》を、母親のお幸は一階にいて聞いているわけだった。

右隣には、喜久市《きくいち》と言う座頭と、女房のお鈴《すず》が住んでいた。引っ越しの挨拶に行ったとき、喜久市が盲目なのはすぐにわかった。

また、入口の腰高障子に、

あんま　はり　きゅう

きく市

と記されていたので重行は、喜久市は按摩《あんま》や鍼《はり》と灸《きゅう》の療治を稼業にしているのだと思った。

だが、これもお亀が聞きこんできた噂話で実態がわかった。

「ご隠居さま、お隣の喜久市さんの商売は金貸しだそうですよ。あたしはお隣に出入りする人を見て、妙だなと感じたのですよ。按摩の療治を受けに来たようには見えませんからね」

「ほう、按摩は表向きで、実際は金貸しの座頭か」

これで、重行は疑念が晴れたと思った。

喜久市が五十近い年齢であるのに、女房のお鈴は二十代の前半だった。しかも、色気を濃厚にただよわせている。元玄人《くろうと》なのを思わせた。

なんとも不釣り合いな夫婦である。

しかし、喜久市が金にあかせ、遊女か芸者だったお鈴を身請《みう》けし、女房にしたと考えると、すんなり理解できる気がした。

ともあれ、真向いの医者の竹田玄朴一家、右斜めの櫛職人の卓蔵一家、左斜めの草虫、そして左隣のお幸・お恵の親子、右隣の喜久市・お鈴の夫婦が、重行にとって向う三軒両隣だった。

（四）

二階の部屋で、成島重行が文机に向かって筆を執っていると、下から草虫の声が聞こえた。

「おや、この雨の中を、お出かけになりましたか」

「いいえ、ご隠居さまは二階においでです」

武家屋敷ではこういう場合、たとえ玄関先の遣《や》り取りは聞こえても、奉公人が取り次ぐまで、主人たる者は軽々しく動いてはならなかった。取り次ぎを経て、おもむろに腰をあげるのが、いわば格式だった。

しかし、いま、重行は隠居である。もったいぶる必要はない。下女のお亀に呼ばれる前に、すっと立ち上がると、すたすたと階段をおりた。

入口の土間に立った草虫が、重行の姿を見て言った。

「お邪魔をしてしまいましたかな」

「いえ、そんなことはありません。やっていたのは、いつでもできることです。雨に降りこめられ、駄文を書いておりました」

「そうですか。あたしも、雨で外出もままならず、退屈しておりました。もしよろしければ、ちょいと、あたしどもに、お遊びになりませんか。菓子など用意しましたので、茶飲み話でもと思ったのですが」

「ほう、いいですな。では、さっそく、うかがいましょう」

重行は誘いを受ける。

草虫が言った。

「傘はいらないですぞ。すぐそこですから、あたしの傘におはいりください」

ふたりは相合傘で、路地を突っ切った。

草虫の住まいも、基本的には重行の部屋と同じである。

土間を上がり、長火鉢をあいだに向かい合って座った。

下男の権助がさっそく、茶と菓子を出した。いかにも農村出身を思わせる無骨な男である。

盆に盛られた菓子を見て、重行が言った。

「おや、この菓子は」

「吉原《よしわら》名物の、最中《もなか》の月《つき》です」

草虫が笑みを浮かべる。

最中の月は、糯米《もちごめ》の粉を水に溶いて薄くのばし、丸い形にして焼き上げ、砂糖をまぶしたもので、煎餅《せんべい》のような干菓子である。重行もかつて食べたことがあった。

「ちょいと、形が違う気がしますが」

「吉原の中にある、竹村伊勢《たけむらいせ》という菓子屋が作っておるのですが、最近になってくふうをし、二枚で黒餡《くろあん》をはさむようにしたようです。あたしは最中の月は食べ飽きたといいましょうか、うんざりする気分だったのですが、このあたらしい最中の月は、なかなかいけますよ」

「ほう、では、さっそくいただきましょうか」

重行は手に取り、口に入れる。

上下の丸い煎餅の部分はサクサクとし、あいだにはさんだ餡はほんのりと甘い。

「食感の違いが楽しめ、いくつでも食べられそうですな」

　感想を述べたあとで、重行ははっと気づいた。

「最中の月は十二文どころではありますまい」

「いえ、お気遣いなく。買った物ではありませんで、もらい物ですから」

「そうでしたか」

　重行は茶碗に手をのばす。

　飲みながら、高級な茶葉を使っているようだと思った。

　草虫が煙管《きせる》の煙草に火をつけ、一服した。

「あたしは吉原で妓楼《ぎろう》をやっていましてね。つまり、楼主だったのです。

いわば隠居料を妓楼の若い者が届けに来るのですが、その時、手土産に最中の月を持参したわけでしてね」

「ほう、そうでしたか」

　吉原の楼主だったと知り、重行は納得がいった。

　草虫には、普通の商家の主人とはやや異質の雰囲気があったのだ。

　楼主は女の膏血《こうけつ》を絞る賤業《せんぎょう》とされており、少なくとも吉原の外では忌み嫌われる存在だった。

だが、いまはおたがい隠居であり、重行に差別感情はなかった。

「南茅場町を隠居所にえらんだのは、何か理由があるのですか」

重行の問いに、草虫が破顔一笑した。

まさに、しゃべりたかった話題なのであろう。

「隠居した楼主は、吉原にほど近い橋場町《はしばちょう》や、隅田川《すみだがわ》をへだてた対岸の向島《むこうじま》あたりに住むのが多いのですがね。あたしは逆に、吉原から遠ざかりたかったのです。

ところで、俳人の宝井其角《たからいきかく》をご存じですか」

「名前だけは知っていますが」

「其角は、蕉門《しょうもん》の十哲《じってつ》——つまり松尾芭蕉《まつおばしょう》の門下のすぐれた俳人十人のひとりでして、あたしがもっとも敬愛する俳人です。其角はかつて、ここ南茅場町に住んでいましてね。その頃、
梅が香や隣は荻生惣右衛門《おぎゅうそうえもん》
という句を詠んでおります」

「ほう、荻生惣右衛門というと、儒者の荻生徂徠《そらい》ですか」

「さようです。惣右衛門は通称ですね。なんと、其角と徂徠は隣同士だったのです。あたしは其角にあこがれるあまり、南茅場町に越してきたのですよ。しかし、南茅場町に住んだからといって、俳句はうまくなりませんね」

草虫がなんとも情けなさそうな表情を作った。

思わず重行も笑う。

「吉原にいたころ、楼主仲間と料理屋などで句会をやっておりました。その関係はいまも続いていて、あたしは月に一回は吉原通いですな。

そうそう、其角に、

闇の夜は吉原ばかり月夜哉《かな》

という句がありますが、ご存じですか」

「いえ、初めて聞きます。しかし、意味はほぼ分かる気がしますが」

重行はわかりやすい俳句だと思った。

ところが、草虫が悪戯《いたずら》っぽい笑みを浮かべた。

「この句は、どこに読み点を打つかで、
闇の夜は、吉原ばかり月夜哉
闇の夜は吉原ばかり、月夜哉
と、ふた通りに読めます。

前者は、闇の夜でも、不夜城の吉原だけは満月の夜のような明るさである。

後者は、月が煌々《こうこう》と輝いている夜でも、吉原の女たちの身の上は闇夜である。

というわけで、この句はどこに読み点を打つかで、まったく正反対の意味になるわけですな」

「ほほう、なるほど。わしは前者の意味に理解しました。後者の意味など、まったく想像もしませんでしたぞ。

すると、其角はふたつの意味を込めて詠んだのですか」

重行が驚いて言った。

草虫が苦笑する。

「さあ、どうでしょうか。其角は百三十年以上も昔に死んでおりますからね。今さら、其角先生に尋ねるわけにもいきません。

しかし、あたしとしては、其角はふたつの意味を込めたと考えたいですね。あたしは楼主だっただけに、前者に詠まれた吉原の華やかさや繁栄に、やはり誇らしい気分になります。

いっぽう、楼主だっただけに、吉原の残酷さや悲惨さもたくさん知っています。後者が詠んだ吉原の闇に、やはり身につまされるといいましょうか、忸怩《じくじ》たるものがあるのですよ。

楼主は世間から『忘八《ぼうはち》』と呼ばれているのはご存じでしょう。忘八は、仁・義・礼・智・忠・信・孝・悌《てい》の八つの徳を忘れた、人非人という意味ですがね」

重行は返答に窮した。

草虫は気にする様子もなく、話を続ける。

「忘八にも文人はいましてね。

扇屋《おうぎや》は天明（一七八一～八九）のころ全盛だった妓楼ですが、楼主は俳号を墨河《ぼくが》という俳人で、戯作者《げさくしゃ》として名高い山東京伝《さんとうきょうでん》と親しい仲でした。また、墨河と女房は、歌人・国学者として有名な加藤千蔭《かとうちかげ》の門人でしてね。文人としてなかなかのものだったのです。

この草虫も墨河に少しでも近づきたいと願い、精進しているわけです」

その後、草虫の俳句談義が続いた。

路地に子供たちの声と足音が響く。

昼食のため、寺子屋から戻ってきたようだ。いったん自宅で食事をしたあと、ふたたび寺子屋に行き、八ツ（午後二時頃）に終わるのが普通である。

「おや、昼飯の時刻ですな。思わず、長居をしてしまいましたが」

「どうですか、蕎麦《そば》でも取りましょうか」

「いえ、下女のお亀が用意しているでしょうから」

重行が腰をあげようとする。

なにげない口調で草虫が言った。

「重行さんは、お武家だったのですか」

「ええ。しかし、いまはただの隠居ですぞ」

「そうですな」

草虫はさらに問うことはしない。

重行はふと、自分の前歴こそ、草虫のもっとも知りたいことではなかったのか、という気がした。

外を見ると、いつしか雨はやんでいた。

挨拶をして、辞去する。

我が家に戻ると、お亀が言った。

「さきほど魚屋が通ったので、鰯《いわし》を買ったのですよ。これから用意しますが、塩焼きにしましょうか、煮付けにしましょうか」

「塩焼きの方が早いであろう」

「へい、では、これから焼きますので」

お亀がさっそく、へっついに薪《まき》を放り込んだ。そして、火吹竹で吹いて火力を強める。

重行がなかなか戻らないので、お亀はやきもきしていたのであろう。

きょうの昼食は、冷飯に湯をかけた湯漬け、鰯の塩焼き、朝の豆腐の味噌汁の残り、それに沢庵である。

商家でも、下級武士の屋敷でも、俗に「三日《さんじつ》」と言って、膳《ぜん》に魚がのぼるのは一カ月の内、三日にかぎられるのが普通だった。

成島家でも魚は「三日」だった。いまも、そのはずである。

やがて、魚を焼く匂いが室内にたちこめる。

膳を用意しながら、お亀が言った。

「さきほど井戸端で話をしていたら、おかみさんのひとりが、

『おめえさんの旦那は、お奉行所のお役人だったのかい』

と、尋ねてきましてね」

「ほう、で、どう答えたのか」

「へい、そこで、

『あたしもよく知らないのですよ。隠居されたあとで、あたしは奉公を始めたものですからね。ご自分では『わしはただの隠居だ』とおっしゃっていますよ』

と、答えておきました」

「そうか、それでよい。嘘をつくわけにはいかぬからな」

重行は、すでに長屋の住人の多くが知っているに違いないと思った。

もちろん、長屋に入居するにあたって、お亀には固く口留めをしていた。

だが、八丁堀と南茅場町は隣町である。成島家に出入りしていた行商人などが、長屋で重行の姿を見かけたのは充分に考えられる。いつしか、噂が広がったのであろう。

第二章　ご隠居同心

（一）

本屋に出かけた成島重行がサブロ長屋に戻ってくると、何やら騒動が起きているようだった。

木戸門をくぐると、右側の二階長屋のもっとも手前の一軒が、大家の三郎兵衛の住まいだった。その前の路地である。

「人殺しー、人殺しー」

叫んでいるのは、三郎兵衛だった。

顔面は真っ赤に染まり、すさまじい形相である。

そばで、三郎兵衛の女房が、

「きゃー、きゃー」

と悲鳴を上げていた。

「黙れ、きさまら、黙らぬか」

抜身を持って怒鳴っている男に、重行は見覚えがあった。

隣の喜久市のところに出入りしている武士である。何度か、路地で見かけたことがあった。年のころは四十前くらいであろうか。

ぬるっとした細長い顔で、口先が突き出ていて、どことなく胡瓜《きゅうり》を連想させた。

(たしか、小林《こばやし》といったか……)

重行は、喜久市の女房のお鈴が路地で「小林さま」と呼びかけているのを聞いた気がした。

三郎兵衛がなおも、

「人殺しー」

と絶叫する。

完全に恐慌状態におちいっていた。

小林には相手を殺害するつもりはないようだ。ところが、三郎兵衛と女房があまりに騒ぎ立てるため、逆に追い込まれ、引くに引けぬようになっていた。

「きさまら、黙らぬか。黙らぬと」

小林が三郎兵衛に向かい、剣先を向けた。

威嚇のつもりであろうが、相手の対応次第ではカッとなって斬りつけたり、刺したりしかねない。

やはり、刃物は危険である。ちょっとしたはずみで、致命傷になりかねなかった。

(いかん、どうにかせねば)

重行は右手の指で帯の間をさぐる。

引き出されたのは、分銅鎖だった。両端に鉄製の分銅をつけた、鉄製の鎖で、全長は二尺二寸(約六十七センチ)ある。

かつて戸田流の道場で稽古をしていた時、師匠から秘武器である分銅鎖は常に携帯するよう教えられていた。しかも、隠す場所は帯の間である。そうすれば、とっさの時に素早く引き出せるからだった。

「おい、刀を捨てよ」

「なに〜ぃ」

小林が険悪な目で振り向いた。

剣先をこちらに向けようとする。

すかさず、重行は分銅鎖の片端を握り、ビュンと一閃《いっせん》させた。

「うっ」

小林が背中をかがめ、苦痛にうめく。

遠心力の勢いを得た分銅が、右手の甲をピシリと撃っていたのだ。

小林は思わず右手を離し、刀を取り落としそうになった。右手の甲に血が滲《にじ》んでいる。だが、左手はまだ柄《つか》を握ったままだった。

「おおぉ〜」

まわりで嘆声が発せられる。

いつしか、路地には住人が集まってきているようだ。

見物人には妙技に見えたであろう。

だが、実際は重行の方が驚いていた。

（なんと、狙ったところに見事に命中したぞ）

初めての実戦で、日頃から稽古していた通りの結果が得られたのである。

しかし、感慨にふける余裕はなかった。

小林はもう完全に逆上している。

「くそう、爺《じじ》ぃ、なめた真似をしやがって」

ほとんど左手一本で刀を握り、柄頭《つかがしら》を腹部に押し当ててささえるや、体ごと突進して刺そうとしていた。

その目には、凶悪な殺意がみなぎっている。もう、自暴自棄になっていると言おうか。

重行は心臓を鷲掴《わしづか》みにされたような衝撃を覚えた。肛門《こうもん》のあたりから冷気が背骨を通じて全身に伝播《でんぱ》する。刃物への恐怖である。生まれて初めて経験する、生々しい恐怖だった。

「爺ぃめ、殺してやる」

小林が刀を構え、突っ込んでくる。

恐怖で全身が冷えていたものの、重行はさっと右足を引いて半身になる。無意識のうちに体が動いていた。

二十年以上にわたって、ほぼ毎日続けてきた稽古の成果だろうか。隠居したあとも、日々の習慣になっているため、長屋の二階で稽古を続けていた。

刃物を構えた相手の動きはまさに「形」そのものだった。

重行が形通り、分銅鎖をふるった。

鎖がチャリチャリと音を立て、小林の左手首に巻き付く。

相手の動きを止めることなく、むしろその動きを利用して、重行が分銅鎖の片側を握った手を引き寄せながら、ぐいとひねった。

小林は左手をひねられ、まるで自分からつまずいたかのように前方に倒れ込む。倒れる勢いそのまま、一回転して背中から路地のドブ板の上にどさりと落ちた。その拍子に、刀が回転しながら重行の足元に飛んでくる。とっさによけたが、ひやりとした。まさに想定外だった。

(これは形にはなかったぞ)

思わず、つぶやく。

続いて、重行の背後で悲鳴が上がった。

あわてて振り向くと、刀はドブ板の上に落ちていた。とくに怪我人はなかったようだ。

重行は相手を倒したことより、飛ばした刀で怪我人がでなかったことに安堵《あんど》のため息をついた。

見ると、小林は受け身を知らないため、まともに背中から落ちていた。なかば失神している。当分、立ちあがれないであろう。

三郎兵衛は顔面を流血で真っ赤にしながら、路地にへたり込んでいた。そばに同じくへたり込んだ女房は顔をくしゃくしゃにして、泣き崩れている。

重行は集まっている見物人の中に正太がいるのを見て、声をかけた。

「医者の竹田玄朴先生を呼んできてくれぬか」

「うん、合点だい」

正太は下駄の音を響かせ、走り出した。

＊

（困ったな）

重行の正直な感想だった。

念のため、いちおう小林の両刀は鞘《さや》ごと抜き取り、重行が持っていた。だが、いつまでも持っているわけにはいかない。かといって、刀を返却して勝手に放免するわけにもいくまい。

小林をいつまでも路地に放置しておけないので、住人数人が肩を貸し、家の中に運び込んだ。いま、小林は大家の家の上がり框《がまち》に腰をおろし、うなだれている。

顔中血だらけの三郎兵衛は家の奥にうずくまり、女房が水に濡《ぬ》らした手ぬぐいで顔をふいてやっていた。

重行は行きがかり上、小林の監視役になっていた。

「先生が来たよ」

走って来た正太が先触れをする。

続いて、医者の竹田玄朴が薬箱をさげて現れた。あたりを見まわしながら、誰にともなく問う。

「どういう状況ですかな」

集まっている者たちは無言で、重行を見つめていた。

やむを得ず、重行が説明する。

「そもそものいきさつは知らぬのですが、大家の三郎兵衛どのは刀で斬られたようで、顔から血を流しております。そこの小林どのという武家は、転倒して背中と腰を打ったようですな」

「ほほう、そうですか。まず、血を流している大家さんから診《み》ましょうかな」

やはり医者だけに手際がよい。

三郎兵衛の額を診て、あっさり言った。

「剣先がかすっただけですな。傷は深くありません。額は出血がおびただしいので、つい大怪我と思いがちですが、たいしたことはありませんぞ。血止めをしておけば、じきに治ります」

そして、晒《さら》し木綿《もめん》で三郎兵衛の額に包帯を巻いた。

続いて、小林の診察に取りかかる。

玄朴がまず問う。

「姓名は何と申されますか」

「小林岩雄《いわお》じゃ」

不承不承に答えながら、横目で重行をうかがっている。

奪われた刀が気になってならないようだ。両刀さえ取り戻せば、すぐにでも逃げ出したい気分なのだろうか。

小林の背中や腰を触診し、出血している右手の甲を診ていく。

玄朴の指が右手の甲に触れた途端、小林が、

「うっ」

と苦悶《くもん》の声を発し、背中を丸めた。

診察を終え、玄朴が言った。

「水にひたした手ぬぐいをよく絞り、背中や腰の痛むところに当ててください。二、三日もすれば治るでしょう。

ただし、手の甲は腫《は》れ、かなり熱を帯びています。骨にひびがはいっているかも

しれませんな。しばらく、物をつかんだりしない方がよいですぞ。安静にしていれば、じきに治るでしょう。ただし、半月くらいかかるかもしれません」

そして、右手に晒し木綿を分厚く巻いていく。

「うむ、かたじけない」

医者に礼を述べながら、小林が重行に視線を向けてきた。

早く両刀を返せと催促しているようである。

(う〜ん、困ったな)

重行は内心でため息をついた。

町奉行所の役人だったため、こういう時の手続きは知っていた。

小林は刀で三郎兵衛に斬りつけ、怪我をさせた。まずは自身番に連行し、巡回に来る町奉行所の定町廻《じょうまちまわ》り同心に引き渡すのが筋である。

本来であれば、大家が率先して小林を連行すべきであろう。だが、肝心の大家の三郎兵衛が怪我をしている。

(かといって、わしが出しゃばる筋合いではないし)

重行は両刀を持ったまま、当惑していた。

路地に集まっている住人の中から、

「俵屋《たわらや》の旦那の新右衛門《しんえもん》さんが来たぞ」

という声がした。

俵屋は南茅場町の表通りにある質・両替屋だった。俵屋がサブロ長屋の持ち主である。大家の三郎兵衛は、俵屋に雇われた管理人に過ぎない。

重行はほっとした。

長屋の持ち主が現れたからには、もうあとは任せてよい。

(よし、これで、わしは、お役御免だな)

新右衛門は面長で、鼻筋の通った顔立ちをしていた。頭髪はほとんど白くなっている。小紋の羽織を着て、足元は白足袋に下駄だった。

手代らしき若い男が供をしている。

商家の主人が外出するとき、丁稚が供をするのが普通である。だが、今回は刃傷《にんじょう》沙汰《ざた》と聞き、いざという時に頼りになりそうな奉公人を連れてきたのであろう。供の手代は、お店者《たなもの》にしては体格がよかった。

「どういうことですか。誰か、手短に説明してください」

新右衛門が集まった人々を見まわしながら言った。

重行が簡潔に説明したあと、

「そんなわけで、そもそもの発端やいきさつは知らぬのです。わしはまあ、いわば途中から巻き込まれたようなものでして。最初からのことは、大家どのにお聞きくだされ」

と締めくくる。

「はい、おおよそのところは、わかりました。ところで、おまえさんは」

「長屋の店子《たなこ》でしてね。隠居の重行と申します」

「さようでしたか。ご苦労をかけました」

「では、この刀はおあずけしますぞ」

「おい、富吉《とみきち》」

新右衛門が手代に受け取るよう命じる。

重行は、富吉と呼ばれた手代に両刀を渡したあと、一礼してその場を離れる。

路地を歩きながら、不思議な感慨を覚えた。

子供のころからずっと稽古を続けながら、実際に用いる機会はまったくなかった分銅鎖が、隠居したいまになって役に立ったのである。

かつて、町奉行所の同心だったころ、刀を振りまわす暴漢を分銅鎖で取り押さえる空想をしたのではなかったか。その空想が、同心を辞めたあとになって実現したのである。

何とも皮肉と言おうか。いや、分銅鎖の稽古は無駄ではなかったと言えるのかもしれない。

（しかし、己惚《うぬぼ》れてはいかんぞ）

重行は自分を戒める。

年齢を重ねているだけに、有頂天になることはないし、相手の状況もほぼ正確に見定めていた。

小林はきちんと剣術の稽古をしたことはあるまい。また、刀を抜いたのも、これまでの人生で初めてだったのであろう。それに、何より逆上していた。

そんな相手だったからこそ、分銅鎖の形がそのまま生きたのである。

（二）

俵屋新右衛門が訪ねてきたのは、すでに日が西に傾きかけたころだった。

「さきほどは、きちんとお礼を申し述べることができませんで、失礼いたしました」

土間に立ち、新右衛門が丁重に腰を折る。

寝転がって本を読んでいた成島重行は、あわてて起き上がった。

「こちらこそ、失礼しました。わざわざ、恐縮です」

「ちょいと、よろしいでしょうか」

「はい、狭苦しく汚いところですが、どうぞ、お上がりください」

言ったあとで、相手は長屋の持ち主だと気づいた。

重行があわてて弁明する。

「いや、狭苦しく汚いというのは謙遜《けんそん》の常套句《じょうとうく》でして、言葉の綾《あや》と申しましょうか」

「気にはしておりませんぞ、お気遣いなく」

新右衛門は愉快そうに笑ったあと、供の丁稚の方を振り向き、

「出しなさい」

と命じた。

丁稚が手にさげていた角樽《つのだる》を上がり框《がまち》に置いた。近所の酒屋で買った銘酒であろう。

「ほんの手土産と申しましょうか」

そう言いながら、新右衛門が上がって来た。

下女のお亀がさっそく茶と煙草盆を出す。

その後、お亀は、上がり框に腰をおろしている丁稚にも茶を出していた。

向かい合って座った新右衛門が、あらためて頭を下げた。

「あとで、重行さんの働きを聞かされましてね。知らないこととはいいながら、さきほどは素っ気ない応対をしてしまい、申し訳ありませんでした」

「いえ、お気になさらずに。わしはたまたま、出くわしたものですから。まあ、行きがかり上といいましょうか。

ところで、あのあと、どうなったのですか」

「そこです。お武家の小林岩雄さまが、大家の三郎兵衛に斬りつけたのは間違いありません。小林さまを町奉行所のお役人に引き渡せば、なんらかのお咎《とが》めはまぬかれますまい。ところで」

新右衛門が言葉を区切った。

茶をすすって間を取ったあと、ややためらいがちに言った。

「つかぬことをうかがいますが、おまえさんはお奉行所のお役人だったのですか」

「かつて、そうでした。しかし、今はただの隠居です。奉行所とは何のかかわりもありません。ですから、遠慮など無用ですぞ」

「そうですか、安心しました。では、忌憚《きたん》なく申し述べましょう。

小林さまをお役人に引き渡すと、大家の三郎兵衛はもちろんのこと、あたくし、それに隣の喜久市・お鈴夫婦もお奉行所に出頭し、お白洲《しらす》に座らなければなりません」

新右衛門は喜久市・お鈴に言及するとき、やや声を低めた。

裏長屋の壁は薄い。声が漏れ聞こえるのを気遣っているのだ。

それにしても、重行は今回の刃傷沙汰《にんじょうざた》で、なぜ喜久市・お鈴が奉行所に出頭しなければならないのか疑問だったが、とりあえず質問はひかえた。

「一回ならともかく、へたをすると二回も三回も、お白洲に座る羽目になりましてね。その日は仕事になりませんし、ひたすら頭《こうべ》を垂れていなければなりません。その苦痛とわずらわしさたるや、もうため息が出るばかりです。

そんなわけで、あたくしども商人はできることなら、お奉行所とのかかわりは避けたいのです」

慎重に言葉をえらびながらも、新右衛門が奉行所への憤懣《ふんまん》を述べた。

重行も庶民が裁判沙汰に巻き込まれるのを忌避しているのは知っていたが、不満や苦情を直接耳にするのは初めてだった。

「はい、どうぞ続けてください」

「そこで、自身番には届けずに解決しようと思いましてね。もちろん、三郎兵衛が斬り殺されたり、大怪我をしたりしていたら、自身番に届けざるを得ないのですが、さいわい、かすり傷でしたからね。小林さまが三郎兵衛に詫《わ》び金を払う形で、内済《ないさい》にしようと思ったのです。

あたくしが三郎兵衛に意向をたしかめると、

『あたしも表沙汰《おもてざた》にはしたくはございませんので、それなりの詫び金をいただければ、内済ですますのを望みます』

というこどでしてね」

「なるほど。刀で斬りつけたとはいえ、額にかすり傷を負わせただけですからね。穏便にすますのは妥当だと思いますぞ」

「しかし、内済にするにしても、いきさつはきちんと調べなければなりませんからな。そこで、どうして小林さまに刀で斬りつけられたのかと、三郎兵衛に尋ねたところ、

『小林さまが理不尽な言いがかりをつけてきたものですから、あたしもつい、強い言葉で言い返しました。そうしたら、小林さまがカッとなり、いきなり刀で斬りつけてきたのです。あたしはとっさに体を引いたので、かろうじて殺されずにすんだのです』

と、よくわからない答えでしてね。

今度は小林さまに、三郎兵衛にどんな言いがかりをつけたのかと尋ねました。すると、

『言いがかりをつけるなど、とんでもない。拙者は掛け合いに来たのじゃ。

こちらの三郎兵衛の方こそ、按摩《あんま》の喜久市どのに言いがかりをつけ、長屋から追い出そうとしておった。拙者は喜久市どのに頼まれ、店立《たなだ》てを取り下げるよう掛け合いに来たのじゃ。

ところが、三郎兵衛が聞き入れるどころか、武士に向かって暴言を吐いたので、拙者も刀を抜いた。

もちろん、斬るつもりはなく、脅しのつもりだったが、三郎兵衛が動転して逃げようとしたので、剣先が額に当たったわけじゃ』

と、またよくわからない答えでしてね。

そこで、さらに三郎兵衛に、なぜ喜久市に店立てを食わせたのかと尋ねますと、

『喜久市の女房のお鈴が密通をしたのです。ところが、間男《まおとこ》が喜久市に金を払って内済にしたのです。密通したお鈴はもちろんですが、女房の密通を金で不問に付した喜久市も喜久市です。

それを聞いたものですから、そんなふしだらな人間が長屋にいては風儀が乱れると思いまして、あたしは喜久市に店立てを食わせ、長屋から出て行くように言ったのです』

と、答えましてね。

あたくしは途方に暮れると申しましょうか。ふたたび小林さまと三郎兵衛に質問したのですが、なんとも要領を得ないといいましょうか、ますます、わけがわからなくなりましてね」

「ふうむ、隔靴《かっか》搔痒《そうよう》と申しましょうか、核心に迫れない、じれったさのようなものがありますな」

「ようやく、あたくしも気づきました。

ひとつは、小林さまと三郎兵衛が一緒にいる所で質問をしても、おたがいに意識し合い、なかなか本音を吐かないということです。

もうひとつは、あたくしが性急で拙《つたな》い質問をしても、相手の本音は引き出せないということです。

この二点に気づきましてね」

「なるほど、そうかもしれません。では、どうするおつもりですか」

「そこで、重行さん、おまえさんに、真相の解明をお願いしたいのです」

「え、わしに。待ってください、わしはただの隠居です。もはや町奉行所の同心ではありませんぞ。わしに、人を取り調べる権限などありません」

権限がないのはもちろんのこと、そもそも重行は同心と言っても内役であり、尋問も捜査も経験はなかった。

重行は、相手が自分を買いかぶっていると思った。ここは、辞退すべきであろう。

ところが、新右衛門が言葉に力をこめる。

「口幅ったいようですが、あたくしは地主です。長屋の大家や店子《たなこ》を呼びつけ、取り調べる権限はございます。

ですから、重行さんには、あたくしの名代《みょうだい》として動いてほしいのです」

重行は内心、ウ〜ンとうなった。

思ってもみなかった役回りである。

新右衛門はなかなか老獪《ろうかい》だった。

幕府の制度では、長屋の店子が罪を犯して召し捕られた場合、連座制が適用されるため、大家はもちろん、長屋の持ち主である地主も奉行所に召喚され、それぞれ処罰された。

責任を負わされているだけに、大家は店子に対して、地主は大家や店子に対して強い権限があったのだ。

「たしかに、長屋の大家や店子に対しては、新右衛門さんの名代で通るでしょう。しかし、小林岩雄どのはどうなりますか。小林どのは武士で、しかもサブロ長屋の住人ではありませんぞ。いくら地主の名代を名乗っても、わしの手に負える人物ではありません」

「小林さまは本所《ほんじょ》にお屋敷のある御家人ですが、すでに息子に家督を譲り、深川佐《ふかがわさ》賀町《がちょう》の裏長屋で独り暮らしをしているとか。

さきほど、小林さまには刀をお返しし、お引き取り願ったのですが、その際、こう念を押しました。

『きょうのところは、お引き取りいただいてけっこうですが、まだ終わったわけではありませんぞ。これから改めていきさつなどを調べた上で、お奉行所に訴えることになるかもしれません。小林さまにも、あたくしどもの調べには応じていただきますぞ』

すると、小林さまは、

『うむ、あいわかった。拙者は逃げも隠れもせぬ』

と言って、帰っていきました。

ですから、あたくしの名代と名乗れば、小林さまも調べに応じるはずです」

「う〜ん、しかし、小林どのとはさきほど、思わぬ悶着《もんちゃく》がありましたからな」

「それこそ、好都合ではありませんか。小林さまは、重行さんには歯が立たないことがわかったはずですぞ。重行さんが出向けば、まさに『蛇に睨《にら》まれた蛙』同然、素直に質問に答えるはずです。

あたくしの名代として、真相を明らかにしてください。お願いします」

新右衛門が頭を下げた。

重行はその場で押し切られそうだったが、かろうじて踏みとどまる。

「わかりました。わかりましたが、一晩、考えさせてください」

「そうですか。では、一晩、待ちましょう。あすの朝、お返事をいただけますね」

そう念を押したあと、新右衛門は帰っていった。

＊

重行は新右衛門を見送ったあと、感慨にふけった。

迷っていたわけではない。

自分が新右衛門の要請を受けることは、自分でもわかっていた。

南町奉行所の同心だったとき、外役として江戸の町を巡回し、犯罪の捜査に従事することを願いながら、けっきょくかなうことはなかった。

そのかなわなかった願いが、隠居後になって実現するのである。

(熱望し続けたことは、いつかは実現するということだろうか)

重行はフッと笑った。

同時に、目頭が熱くなる。

(よし、謎を解くぞ)

自分で自分に気合を入れる。

だが、すぐに反省も芽生える。

(いや、熱くなってはいかん。淡々といこう、淡々と。隠居なのだから)

定町廻《じょうまちまわ》り同心、臨時廻り同心、隠密廻り同心を三廻りといい、受け持ち地区を絶えず巡回し、犯罪の捜査や捕縛をおこなう。

重行があこがれたのが、まさにこの三廻りの同心だった。

ふと、思った。

(さしずめ、わしは、ご隠居同心だな)

つい、笑い声をあげる。

台所で夕食の支度をしていた下女のお亀が、驚いて振り向いた。

「ご隠居さま、どうかなさいましたか」

「いや、思い出し笑いだ。たいしたことではない」

「長屋では、ご隠居さまが評判になっていますよ」

「ほう、どんな評判だ」

「お奉行所の凄腕《すごうで》の同心だったとか、極悪人を捕らえて獄門送りにしたとか、ムトウドリの達人だとか、いろいろ言っていました。あたしは感心して聞いていたのです。なんだか、あたしまでうれしくなりましたよ。

ところで、ムトウドリとは何ですか」

「無刀取りは、わかりやすく言えば、刀を持った相手を素手で取り押さえる技《わざ》と言おうかな。しかし、一種の俗説のようなものでな。素手で刃物に、ましてや刀に立ち向かえるものではない」

最後は、自分に言い聞かせるように言った。

噂が伝わるにつれ、誇張も大きくなっている気がした。重行としては苦笑するしかない。しかし、考えようによっては、無刀取りの達人という評判は、有利に働くかもしれなかった。

「へい、尾張屋《おわりや》でごぜえす」

頭を手ぬぐいで巻き、着物を尻《しり》っ端《ぱ》折《しょ》りした若い男が現れた。

手にした大皿からただよってくるのは、まぎれもない鰻《うなぎ》の蒲焼《かばやき》の匂いである。

「内は頼んでないよ」

お亀が驚いて言った。

重行は一瞬、届け先を草虫と間違えているのではないかという気がした。

出前の男は、

「俵屋の旦那に、隠居の重行さんに届けるよう、言われましてね」

と、大皿を上がり框《がまち》に置いた。

皿には串《くし》に刺した鰻がのっている。焼き立てなのか、つややかな脂が光っていた。

いつしか、室内に蒲焼の香りが満ちている。

「受け取っておくがいい。

そうだ、さきほど酒も、もらったな。さっそく鰻で一杯やるか。燗《かん》をつけてくれ」

重行はお亀に言いながら、もうこれで断れなくなったなと思った。

（三）

俵屋から出た成島重行のふところには、新右衛門から渡された懐紙の包みが入っていた。中身は、おそらく二分金《にぶきん》や一分金を取り混ぜ、合わせて一両であろう。朝食を終えるやすぐ俵屋に出向き、昨日の依頼を引き受ける旨を伝えたのである。帰り際、新右衛門が懐紙の包みを渡そうとしたとき、重行は金に違いないと察したので、もちろんきっぱり断った。

ところが、新右衛門はおだやかにほほ笑んだ。

「べつにこれは謝礼でも、手当てでもありません。

調べにはそれなりに金がかかるはずです。その費用にあててください。おまえさんに払わせるわけにはいきませんからね。依頼主がこうした経費を支払うのは、商人ではごく当然のことですぞ」

要するに、必要経費を渡すということだった。

必要経費ということであれば、それはそれで納得できる。

庶民の間で生きていくつもりの重行だけに、ここは素直に受け取ることにした。

そして、サブロ長屋に戻るところである。

通りには多くの行商人が行き交っていた。

いましも、天秤棒《てんびんぼう》で前後に盤台を吊《つ》るした魚屋が、サブロ長屋の木戸門をくぐり、路地に入っていく。盤台には鯵《あじ》や鰯《いわし》がのっていた。

重行は魚屋のあとを追うようにして、木戸門をくぐった。すぐ右が、大家の三郎兵衛の家である。しかし、重行は素通りした。

昨夜、それぞれに何を聞くか、どういう順番で聞くかを考えたのである。

家に戻ると重行は小声で、下女のお亀に命じた。

「隣をさりげなく見張っていて、女房のお鈴が湯屋に行くのが見えたら、教えてくれ」

「へい、かしこまりました」

お亀の顔がこわばっている。

昨日、新右衛門の来訪を受け、話を漏れ聞いていただけに、重行が動き出したと察したのであろう。

あとは、重行としては待つしかない。いちおう本を手にしたが、なかなか集中できなかった。

どれくらい経っただろうか、重行がいつしか本を読みふけっていると、お亀がささやいた。

「ご隠居さま、お鈴さんが湯屋に行くようですよ」

「ひとりか」

「いえ、お竹《たけ》ちゃんが浴衣《ゆかた》を持って供をしています」

お竹は十二、三歳で、住込みの下女だった。

ということは、隣にはいまは喜久市ひとりということになる。

「よっし」

重行はやおら、立ち上がった。

＊

「隣の、隠居の重行ですが。ちと、お話をすることができましょうか」

重行は相手が盲人であることに配慮して、ことさらに足音を立てて土間に立ち、声をかけた。

喜久市は長火鉢を前にして座り、煙管《きせる》をくゆらせていた。

重行は引っ越しの挨拶のときに顔を見ていたが、まじまじと喜久市を見るのは初めてである。

頭は剃髪《ていはつ》していたが、このところ剃刀《かみそり》を当てていないのか、短い頭髪がふぞろいにのびている。頬が垂れ、顔色は生気のない灰色で、いかにも気難しそうな人相だった。

「ああ、お上がりなさい。あいにく、あたしひとりなものですから、何のおかまいもできませぬが」

「いえ、お気遣いなく」

重行が長火鉢をへだてて座った。

気配から位置を感じ取っているのか、喜久市が重行の方を正確に向きながら言った。

「おまえさんは、俵屋新右衛門さんの名代だそうですな」

「さようですが、なぜ、それをご存じですか」

「さきほど、俵屋の使いが来ましてね、居丈高《いたけだか》に、

『隠居の重行さんは、あたくしどもの旦那さまの名代ですからな』

と、告げましたよ。まあ、あたしは、問われたことには正直に答えるつもりでおりますがね」

喜久市がいかにも皮肉っぽく言いながら、煙管の雁首《がんくび》をコンと打ち当て、灰を火鉢の中に落とした。

五徳の上にのった鉄瓶が白い湯気を上げている。

「では、さっそくですが、小林岩雄どのとは、どういう関係なのですか」

「あたしは細々と金貸し稼業をしておりましてね。小林さまには貸金の取り立てをやってもらっていたのです」

重行は内心、エッと驚きの声を発した。

小林はいやしくも武士であり、しかも幕臣である。その小林が、金貸し稼業の喜久市に雇われ、貸金の取り立てに従事していたのだ。

重行は声には出さなかったが、喜久市は相手の反応を敏感に察したようである。

「世間では、金貸しを血も涙もない、弱い者を苦しめる賤業のように言っておりますな。しかし、金を借りる人間がいるからこそ、あたしら金貸しは成り立っているわけでしてね。

しかも、金を借りるときは、

『お願いします、恩に着ます、助けてください』

と平身低頭して頼みながら、いざ返す段になると、返そうとしない輩《やから》が多いのです。

言い訳や、泣き落としはいいほうでして、逆に喰《く》ってかかってきたり、脅《おど》してきたりする連中もいましてね。金貸し稼業でいちばん難しいのは、貸金の取り立てなのです」

重行は聞きながら、たしかに借りた金は約束の利子をつけて返すのが筋だと思った。借りた金を返さないのは、返さない方が悪い。その点では、喜久市の言い分は正論である。

だが、喜久市が法外な利子で金を貸しているのも事実であろう。いわゆる高利貸なのだ。

「あたしも、貸した金の取り立てには苦労しましたよ。そこで編み出したのが、先方の家に行き、玄関先や店先などにじっと立ち続けるというやり方です。あたしは盲目ですから、先方も手荒な真似はできません。それを逆手にとるわけですな。

先方も初めのうちは、

『ふん、放っておけば、あきらめて、そのうち帰るだろうよ』

と、高を括《くく》っているのですが、あたしは雨が降ろうが雪が降ろうが立ち去りません。そのうち、近所の噂も気になりますからね。ついには、先方が根負けして、金を返すというわけです。

しかし、そういうやり方をしていたのは若いときです。歳をとると、さすがに体にこたえるようになってきましてね。

そんなとき、仲間から、貸金の取り立てを請け負うお武家がいるという噂を耳にしたのです。それが小林さまでした。家督を息子に譲って屋敷を出て、深川佐賀町の裏長屋で気楽に暮らしているとか。

そこで、あたしは小林さまに引き合わせてもらい、仕事を頼むようになったのです。さすがにお武家が出ていくと、みな無理をしても返済しますな。あたしも随分、楽になりました」

「なるほど、小林どのとの関係はわかりました」

重行は、座頭の金貸しと武士の小林との密接な関係に納得がいった。

そこに、近所の女が顔を出した。

「お鈴さん、湯へ、へえりに行こうよ」

「もう、とっくに行ったよ」

喜久市が無愛想に答えた。

女は心外そうな顔で去っていく。一緒に行く約束でもしていたのだろうか。

長屋に住む女にとって、湯屋は社交場であると同時に、気晴らしの場でもあった。

おたがいにしゃべっていると、当然、長湯になる。

重行が質問を再開する。

「大家の三郎兵衛どのがおまえさんに長屋から出て行くように迫ったそうですが、なぜですか」

「ああ、店立《たなだ》ての件ですか。さいわい、女房は湯に行っていましてね。女房がいたら、ちょいと話しにくかったですな。

じつは、女房のお鈴が間男《まおとこ》をしていたのです。相手は、独り身の居職《いじょく》の若い職人でした。あたしは目は見えませんが、お鈴の様子が妙なのに気づきましてね。これでも、勘はいいのですよ。

そこで、人に頼んで、お鈴が出かけるとき、あとをつけてもらったのです。

すると、町内ですが、ちょいと離れたところにある長屋にはいっていったそうでして。そこに、その職人が住んでいたのです。間男に間違いないとわかったのですが、では、どうするか」

重行は聞きながら、女房の密通を知っても、喜久市は町奉行所に訴えるのはもちろんのこと、離縁などまったく考えていなかったのだと思った。

記憶力のいい重行は「密通御仕置之事《みつつうおしおきのこと》」は暗記していた。

寛保《かんぽう》二年（一七四二）、八代将軍吉宗《よしむね》の時、幕府の刑法典『御定書百箇条《おさだめがきひゃっかじょう》』が成立した。この『御定書百箇条』の四十八項が、「密通御仕置之事」である。

「密通御仕置之事」によると、夫のある女が密通した場合、

密通した妻↓死罪
相手の男（間男）↓死罪

という過酷さだった。要するに、夫のある妻の密通が町奉行所で裁かれると、杓子定規《しやくしじょうぎ》に規定が適用され、ふたりとも死刑になる。

そのため、人々は妻が密通をしたのがわかっても表沙汰《おもてざた》にはせず、内済《ないさい》にするのをえらんだ。つまり、金を払うことによる示談である。

喜久市の場合でも、間男の職人が死刑になるのは留飲を下げるとしても、女房のお鈴まで死刑になるのは耐え難いであろう。

「お鈴どのの密通が表沙汰にならないようにしたわけですか」

重行が言葉をえらびながら、慎重に質問した。

喜久市がニタリと笑った。

「あたしは一計を案じまして、小林さまに頼んだのです。痩《や》せても枯れても小林さまはお武家で、腰に両刀を差していますからな。

小林さまが職人をここに、引っ張ってきましてね。職人とお鈴をあたしの前に引き据えて、小林さまが言い放ったのです。

『喜久市どのに代わって、不義者を成敗《せいばい》いたす』

なかなかの名場面でしたぞ。

職人は震えあがってしまいましてね。ひたすら詫《わ》びるものですから、あたしも内済に同意したのです。いわゆる『間男代《まおとこだい》は七両二分《しちりょうにぶ》』ですよ。

しかし、職人風情《ふぜい》に七両二分も払えるわけはありませんからな。けっきょく、一両三分と詫び状を書くことで内済となり、あたしも同意の証文を渡したのです。もちろん、証文は小林さまに書いてもらったのですがね」

喜久市の口調はやや得意げである。

自分が女房の密通にうまく対処したと満足しているらしい。

重行も七両二分のことはよく承知していた。

たとえ夫のある女と密通したのが発覚しても、間男が夫に七両二分を支払えば許されるという風習があった。そして、これを定めたのは俗に、名奉行として知られる大岡越前守《えちぜんのかみ》と言われていた。

また、庶民には七両二分は大金だったため、実際にははるかに低い金額で内済が成立するのが常だった。

「ところが、この間男騒ぎが大家の三郎兵衛さんの耳に入ったらしくて、数日後でしたか、突然、やってきて、

『おまえさんがたのような淫《みだ》らな人間が住んでいては、長屋の風儀が乱れます。長屋から出て行ってくだされ』

と、権柄尽《けんぺいづく》に言い放ったのです」

「ほう、それで、おまえさんはどう答えたのですか」

「すでに内済になっているし、間男はこの長屋の男ではないことを説明し、店立ては勘弁してほしいと言ったのです。ところが、三郎兵衛さんは納得しませんでね。数日後、またもや女房がいないときにやってきて、月末までに立ち退けと言い張るのです。あたしも困り果てましてね。

そこで、小林さまに頼んだのです。お武家が店立てを取り下げるよう掛け合えば、さしもの業突張《ごうつくば》りの大家でも引きさがるだろうと思ったのですがね。

きのう、小林さまが掛け合いに行ったわけですが、結果はあの騒ぎです。三郎兵衛さんは依怙地《いこじ》になり、頑として聞き入れないどころか、小林さまに暴言を吐いたのだと思いますぞ。

それでカッとなり、思わず刀を抜いたのでしょうが。聞くところによると、おまえさんが取り鎮めたようですが」

「ええ、たまたま小林どのも油断していたのでしょう。それで、うまくいったのですがね。

その後、小林どのと話をしましたか」

「いえ、小林さまはそのまま帰ったようですな。さすがに、おまえさんにぶちのめされたあと、恥ずかしくってここには寄れないでしょう」

「そうでしょうな。いや、よくわかりました。

きょうのところは、これで引き上げます」

重行が立ち上がる。

そろそろ、お鈴と下女が湯屋から戻ってくるであろう。

＊

いったん我が家に戻った重行は、二階の部屋で文机《ふづくえ》に肘《ひじ》を突き、ぼんやり外をながめながら考えにふけった。

大家の三郎兵衛が喜久市・お鈴夫婦に店立てを要求するのは、どう考えても尋常ではない。

密通は世間にはありふれたこととまではいわないが、けっして珍しいことではない。間間《まま》あること、と言ってよかろう。

住人が密通していたのを理由に長屋から追い出していたら、きりがあるまい。しかも、長屋の住人同士が密通していたわけでもない。

お鈴の密通が長屋に悪影響をあたえるとは、とうてい思えなかった。

三郎兵衛の言い分は、あきらかに常軌を逸している。道学者のような、人倫に厳格な人物とも思えない。

また、長屋は修養の道場でもない。庶民が悲喜こもごもの生活をする場である。密通をする男女がいても、何の不思議もない。

なぜ、三郎兵衛は異常なほどの厳しい対応をしたのか。

何か、裏があるのではあるまいか。

（次は、三郎兵衛に当たってみるか。いや、もっと周辺をさぐってからのほうがよいだろうか……）

重行は考え続けた。

（四）

サブロ長屋を出た成島重行は、深川佐賀町をめざした。かなり迷った末、次は小林岩雄を尋問することにしたのだ。

隅田川を目指して歩いて行くと、やがて前方に永代橋《えいたいばし》が見えて来た。潮の匂いが強くなる。

橋のたもとには多くの屋台店が並び、にぎやかだった。橋を渡る人もひっきりなしである。

同心のころ、重行は隅田川を越えて深川の地を歩いたことはほとんどなかった。そもそも、深川に行く用事がなかったからである。

永代橋を渡って、隅田川を越える。

橋の上から右手を見ると、江戸湾の海が広がっていた。永代橋は隅田川の河口に架かっているだけに、海はすぐそばなのだ。

停泊した多数の船の白い帆が、初夏の日差しを浴びてまぶしい。帆や船縁《ふなべり》などのあちこちに鷗《かもめ》がとまっていた。

（ほう、海だ）

海を見ると、なぜか感動がある。

子供のように心をときめかせている自分が、自分でもおかしい。

重行が住む南茅場町からはさほど離れていないのだが、まったく異なる光景だった。

永代橋を渡り切ると、深川佐賀町である。

橋のたもとにはやはり屋台が多数出ていて、烏賊《いか》焼きの匂いが食欲をそそった。

（食ってみるか）

ふと思いつくと、重行は胸がときめいた。

というのも、これまで屋台店で立ち食いをしたことは一度もなかったのだ。もちろん、南町奉行所の行き帰り、各種の屋台店はあちこちで見かけた。だが、腰に両刀を差したままで、まさか立ち食いはできなかった。

（よし、これが隠居のよさだ）

重行は思い切って屋台の前に立ったが、無意識のうちに左右をたしかめていた。

もちろん、好奇の目で見ている者など、ひとりもいない。

「へい、いらっしゃい」

「ひとつ、もらおう」

串《くし》に刺された烏賊を、歯でくわえて引っ張る。この動作そのものが美味に感じられた。もちろん、醬油《しょうゆ》の付け焼きにした烏賊は香ばしく、味わいも濃厚だった。

烏賊を食べたあと、重行は満ち足りた気分で歩いた。

隅田川に面して船問屋など大店《おおだな》が多いが、裏長屋もある。

小林の住む長屋は、俵屋新右衛門から「稲荷《いなり》長屋」と聞いていた。目に付いた蕎《そ》麦屋《ばや》で尋ねると、稲荷長屋はすぐにわかった。

木戸門をくぐり、路地に足を踏み入れる。

路地の両側には平屋の長屋が続いていた。

井戸で水を汲《く》んできたのか、襷《たすき》がけをした女が手桶《ておけ》をさげて歩いてくる。

「ちと尋ねるが、小林岩雄どのの住まいはどこかな」

「へい、そこですよ」

女が指さした。

明かり採りのため、入口の腰高障子は開け放たれている。

「小林どのはこちらですかな」

重行が土間に足を踏み入れながら言った。

右手の台所で、白髪の女が雑巾《ぞうきん》がけをしていた。

「へい、さようですが。旦那さまはお出かけになっていますよ」

土間を上がると、六畳の部屋である。

壁際の枕屏風《まくらびょうぶ》で、たたんだ夜着や布団が隠されていたが、上に枕がひとつ、のっているのが見えた。小林が独り身なのは本当のようだ。

「では、そなたは」

「へい、通いの下女でして」

重行はふと思いつき、上がり框《がまち》に腰をおろした。財布からいくばくかの銭を取り出し、懐紙にひねって差し出す。

「それは、ご苦労だな。まあ、取っておくがいい」

「へい、ありがとうございます」

女は遠慮することもなく、すぐに手に取って袂《たもと》に入れた。

「通いの下女ということだが」

「へい、あたしはこの長屋に住んでいるのですがね。旦那さまに頼まれ、朝飯を炊いて届けています。旦那さまは外出が多いので、留守中にこうして雑用をこなしています」

「どちらに出かけたか、わかるか」

「出かける時には声をかけることになっているのですが、夕方までには帰るということでした。行先はわかりません」

重行はさりげなく部屋を見まわす。

台所に茶碗や箸《はし》はあるが、鍋《なべ》や釜《かま》はない。料理はしていないのがうかがえる。

下級の幕臣とはいえ、小林も武士だった。重行同様、家事はまったくできないに違いない。平屋で、一間きりの長屋であれば、とうてい下女は置けない。そこで、通いの下女を頼んだのだ。

そばに櫃《ひつ》があった。朝、届けられた飯が入っているのであろう。

副菜はもっぱら、行商人から買っているのかもしれない。貸金の取り立て業で、それなりに収入があるのをうかがわせた。

「ここに訪ねてくる人はいるか」

「さあ、あたしは通いですから、一日中、ここにいるわけではありませんからね」

「喜久市という座頭のことを聞いたことはあるか」

「聞いた覚えはないですね」

「よく外出しているようだが、どんな商売をしているか、知っているか」

「旦那さまから聞いたわけではありませんが、長屋では、旦那さまは用心棒稼業をしているのではないかというのが、もっぱらの噂です」

「小林どのは右手に包帯をしておるが、用心棒稼業で怪我をしたのかのう」

重行が鎌をかけた。

女はこれで、重行と小林は親しい仲と思ったようだ。

「うっかりぶつけて、骨にひびがはいったそうです。箸が持てないのが不便だと言っていましたよ」

「ふむ、たしかにそれは不便だろうな」

しばらく女と話をしたが、小林のことはほとんど知らないようだった。

「うむ、では、出直してこよう」

重行が上がり框から腰をあげる。

しばらく近所を歩いて、夕方にまた訪ねるつもりだった。

＊

隅田川沿いの河岸場に多くの舟が停泊し、荷物の積み下ろし作業がおこなわれている。

人足が俵や樽《たる》を運んでいる様子をながめながら歩いていると、永代橋の方から小林が歩いてくるのが見えた。羽織袴の姿で、足元は黒足袋に草履である。右手が白いのが目立つ。

小林の方も重行に気づいたようである。一瞬、足が止まりかけたが、思い直したのか、それまでと変わらぬ歩調で歩いてくる。しかし、視線はぴたりと重行に向けられていた。

「長屋にうかがったところでした」

「俵屋新右衛門どのから、貴殿が事情を尋ねに来ると聞いておりました」

「どこで、話をしましょうか。長屋に戻ってもよいですぞ」

「いや、できれば、外で立ち話としたい」

「わかりました。では、場所を決めてくだされ」

重行がちらと見ると、小林の右手にはまだ晒《さら》し木綿が分厚く巻かれている。

これでは、抜き打ちはとうてい無理であろう。重行は警戒を解き、とくに間合いは気にしないことにした。

小林が先に立って歩く。

「ここでは、どうですかな」

河岸場の一画に、静かな場所があった。周囲の活気と喧騒《けんそう》が嘘のように、人の行き来がない。

重行が場所に同意したあと、まず疑問をぶつける。

「喜久市どのから、店立《たなだ》てを撤回させてくれと頼まれたのですか」

「さよう、喜久市が言うには、

『お武家が出て行けば、あの因業《いんごう》大家も店立てを引っ込めるでしょう』

というわけでな。

あまり気が進まなかったが、人助けになることだからな。そう思って引き受けた。

拙者は大家の家に行き、三郎兵衛に店立ては引っ込めてくれるように言った。しかも、武士の拙者が頭を下げて、頼んだのだ。

ところが、三郎兵衛は言うに事欠いて、

『金貸しの使い走りをしているような人に、あれこれ言われる筋合いはありません』と、ぬかしおった。

武士に対してあまりに無礼じゃ。そこで、拙者も刀を抜いた。もちろん、斬るつもりはなかった。暴言を謝らせるつもりだった。ところが三郎兵衛が動転し、逃げ惑ったため、剣先が額にあたった。いわば、はずみじゃ。その後のことは、貴殿が見た通りじゃ。

額がちょいと切れただけで、『人殺し』と絶叫していた三郎兵衛の醜態は、貴殿も目にしたであろうよ。そもそも、喜久市に店立てを食わせたのも、三郎兵衛の横恋慕とやっかみに発しておる」

小林が吐き捨てるように言った。

重行が問い返す。

「ほう、どういうことなのか、わかりかねますが」

「三郎兵衛はお鈴に気があったのじゃ。たいして用もないのに、大家面《づら》をして喜久市の家に顔を出しておった。そして、喜久市の目が見えないのをいいことに、お鈴の手を握ったり、尻《しり》をなでたりしておった。要するに、お鈴の気を引いていたのさ。

ところが、お鈴は相手にしてくれないどころか、町内の若い職人と間男をしていた。三郎兵衛は怒り心頭に発して、腹癒《はらい》せに、喜久市に長屋から出て行くよう申し渡したのだよ」

「ほう、三郎兵衛どのがお鈴どのの手を握ったり、尻をなでているところを目撃したのですか」

「いや、拙者は現場を見たわけではないが、お鈴から聞いた。お鈴が言うに、『いやらしい大家でしてね。でも、これは亭主には言わないでくださいよ』ということだった。

貴殿は、お鈴には話を聞いたのか」

「いや、まだです」

「では、お鈴に話を聞くときに、たしかめてみることですな」

小林が自信たっぷりに言った。

重行は、三郎兵衛がお鈴にちょっかいを出していたのは間違いないであろうと思った。

だが、疑問が生じる。

お鈴は、三郎兵衛がちょっかいを出してくる話を、どこで小林にしたのであろうか。亭主の前ではできないはずである。

疑問を重行が口にする前に、小林が言った。

「三郎兵衛は奉行所に訴えるつもりなのか」

「軽傷とはいえ、貴殿が刀を抜き、三郎兵衛どのに斬りつけたのは紛れもない事実ですからな。しかし、俵屋新右衛門さんは、貴殿が三郎兵衛どのに詫《わ》び金を払うことで内済にしたいようですぞ」

「ふうむ、そうか。拙者が詫びるいわれはまったくない。悪いのは三郎兵衛じゃ。だが、それなりの金を払うことですべてが丸く収まるのであれば、拙者としても異存はない」

「さようですか。新右衛門さんに伝えておきましょう」

「詫び金を払うと言っても、たかがかすり傷じゃ。三郎兵衛が法外な金額を吹っかけてきたら、拙者としても受け入れかねるぞ」

「新右衛門さんがあいだに入るので、法外な金額にはならないでしょう」

「うむ、それならよかろう」

いつの間にか、あたりは薄暗くなっている。

河岸場にいた人足もみな引き上げたようである。

小林と別れた重行は、永代橋を渡りながら、明日は三郎兵衛を尋問しようと思った。

（五）

朝食を終えたあと、成島重行は大家の三郎兵衛を訪ねた。

入口の土間に立ち、問う。

「ちと、話をうかがいたいのですが。場所はここでよいですかな」

三郎兵衛はすばやく家の中を見まわした。女房や子供が気がかりなのであろう。額にはまだ晒し木綿で鉢巻をしている。

小声で三郎兵衛が言った。

「ここでは、ちと都合が悪いですな。外で話しましょう」

「では、川べりにしましょう。わしは先に行き、待っていますぞ。そうすれば、外でばったり出会い、立ち話をしているように見えるでしょう」

そう言うと、重行は長屋を出て、日本橋川《にほんばしがわ》の岸に行った。

日本橋川には多くの荷舟が行き交っている。俵や樽を満載した高瀬舟もひっきりなしだった。

対岸の小網町《こあみちょう》には蔵が軒を並べている。漆喰《しっくい》塗りの白壁が日差しを反射し、まぶしいほどだった。

　やや遠くに、川を横切る渡し舟が見えた。南茅場町と小網町を結ぶ鎧《よろい》の渡しである。舟には多くの男女が乗っていた。

　船頭が器用に棹《さお》を操り、渡し舟は多くの舟が行き交うなかを突っ切り、いましも小網町の河岸に着岸しようとしている。

「お待たせしました」

　三郎兵衛が現れた。

　青梅縞《おうめじま》の着物で、素足に下駄を履いている。

　額には鉢巻をしていない。外出に際して、みっともなさを考え、はずしたのであろう。

　傷はほぼふさがったに違いない。重行が見たところでも、とくに傷跡が目立つわけではなかった。医者の竹田玄朴の診断通り、ほんのかすり傷だったようだ。

　三郎兵衛が「人殺し」と叫んでいたのを思い出し、重行は笑いそうになったが、ぐっとこらえた。

「きのう、喜久市どのと小林岩雄どのには話を聞きました」

　重行がまずふたりから話を聞いていることを述べる。

三郎兵衛は冷たく言い放つ。

「どうせ、自分に都合のいいことだけを言ったと思いますがね」

「そうかもしれませんな。ですから、こうして、おまえさんの言い分も聞こうというわけです」

「そもそも、人の家に押しかけて来て、

『喜久市への店立《たなだ》ては取り下げろ』

と高飛車に言うなど、非礼にもほどがありますぞ。

いやしくも、あたしは長屋の大家です。責任を負っているのです。

武士を笠《かさ》に着て威張っていますが、やっていることは座頭の金貸しの使い走りではありませんか。あれで武士でございと言っても、世間では通用しませんぞ」

三郎兵衛が憎々しげに言った。

重行が相手の興奮をなだめるように、おだやかに言う。

「しかし、女房のお鈴どのが密通をしたからと言って、亭主の喜久市どのに店立てを食わせるのは、ちょいと厳しすぎるのではありませんか。間男騒ぎは世間にはよくあることですぞ」

「町内の職人と間男していただけなら、あたしもそこまで言うつもりはありません。

お鈴は、小林さまとも乳繰り合っていたのですぞ。とんでもない淫乱女《いんらん》です」

重行は内心で、エッと叫んだ。思いがけない事実である。すぐにたしかめたいのを我慢し、ともかく相手に話をさせる。

三郎兵衛がまくしたてた。

「あの淫乱を放って置いたら、そのうち長屋の男と乳繰り合いを始めかねません。そうなると、長屋で修羅場が演じられないとも限りませんからな。

大家のあたしとしてはそんなことも考え、長屋から出て行ってくれと申し入れたのです。

もちろん喜久市には、お鈴と小林さまができていることなど告げていません。あたしはお鈴と小林さまの件は胸に収めていたのです。こちらはそこまで気を使ったのに、まさに逆恨みされたようなものです」

「しかし、お鈴どのと小林どのが密通していたのは、確証があるのですか」

重行が反問した。

にわかには信じがたかった。三郎兵衛の邪推ではあるまいか、あるいは怒りに任せた憶測ではあるまいかという気がした。

三郎兵衛が一転し、落ち着いた声で言った。

「日本橋川の対岸の小網町に、『くすみ』という大きな鰻屋《うなぎや》があるのはご存じですか」

「見かけたことはありますな。入ったことはありませんが」

「くすみの二階座敷は、逢引《あいび》きの場所として有名でしてね。男と女が仲良く鰻の蒲焼を賞味し、そのあとで『ちんちん鴨《かも》』を楽しむというわけです。いや、順序は逆かも知れませんがね」

三郎兵衛の頬には皮肉な笑みが浮かんでいた。

ちんちん鴨は男女の密接な仲を形容する言葉だが、ずばり性交を意味することもあった。

重行もこの俗語は知っていた。

「くすみがそういう店だとしても……」

「小林さまとお鈴が、くすみに入るのを見かけた人がいるのですよ。しかも、二階座敷に上がっていったそうでしてね。まさか、二階座敷で鰻を食っていただけとは思えませんがね。

鰻と鴨の両方をお楽しみだったのではありますまいか」

三郎兵衛が勝ち誇ったような笑みを浮かべる。

重行はなおも半信半疑だったが、ふと、昨日の小林の話を思い出した。

お鈴が三郎兵衛のちょっかいを小林に告げたという。どこでそんな話をしたのかと疑問だったが、くすみの二階でふたりきりのときと考えると、辻褄《つじつま》が合う。

そう考えると、小林とお鈴が密会していたのは、ほぼ間違いないのではあるまいか。

重行は内心、う～んと、うなる。

「喜久市どのは夢にも知らないのでしょうが、女房の間男の小林どのに掛け合いを頼んだことになりますな」

「はい、あたしがくすみのことを知っているとは知らないものですから、小林さまは威張ってやってきましたよ。

『喜久市の店立ては取り下げてくれ。そして、拙者がこうして頭を下げて頼むのじゃ』

と、もっともらしく言いながら、頭をペコリとさげましたけどね。

あたしは言ってやりましたよ。

『やめてください。頭なんか、さげてほしくないですな。あんな淫《みだ》らな連中には月末までには出て行ってもらいます。あたしの気持ちは変わりません』

『武士が頭を下げて頼んでいるのだぞ』

『武士、武士と偉そうに言わないでください。おまえさんも淫らな連中の一員ではありませんか』

『なにをぉー、無礼な』

『あたしのことを無礼なんぞと言える柄《がら》ですかね。くすみの二階でよろしくやっているのを、あたしが知らないとでも思っているのですか』

途端に、小林さまは顔色が真っ赤になりましたよ。そして、

『黙れ、黙らんか』

と怒鳴るなり、刀を抜いたのです。

怒りに我を忘れるとは、あのことでしょうな。あれは、もう狂人ですぞ。

いや、危ういところでした。あたしは、それこそ金玉が縮みあがりましたぞ。

おまえさんが割って入らなかったら、きっとあたしは斬り殺されていたでしょうな。女房も危なかったかもしれません。

改めてお礼を申しますぞ」

「すると、おまえさんが小林どのに、

『金貸しの使い走りをしているような人に、あれこれ言われる筋合いはありません』

と言ったので、小林どのは激昂《げきこう》したのではないのですか」

重行は小林の発言を思い出しながら、確認した。

一瞬、三郎兵衛はきょとんとした顔になった。

「いえ、そんなことは言っていません。

ほう、それは思いつかなかったですな。ふうむ、ついでに、それも言ってやればよかったですな。

小林さまは、あたしがくすみに言及したので、狼狽《ろうばい》し、激昂したのです。まあ、弱みを突かれたということでしょうな。お鈴と間男をしているのが喜久市の耳に入れば、金貸しの使い走り稼業も失いますからね」

「うむ、そうでしょうな」

重行は、小林が巧妙に話をすり替えていたのを知った。

やはり、お鈴との密通は人に知られたくなかったのであろう。

「ところで、奉行所には訴えず、内済に応じるつもりですか」

「はい、お白洲《しらす》に座るとなると、俵屋新右衛門さんにも多大な迷惑をかけますからね」

「わかりました。もう、けっこうですぞ」

「では、あたしは、ひと足先に長屋に戻りますぞ」

三郎兵衛が急ぎ足で帰っていく。

重行は、最後にお鈴を尋問するまでに、喜久市、小林岩雄、そして三郎兵衛の供述を整理してみるつもりだった。

（六）

「ご隠居さま、喜久市さんとお竹ちゃんが出かけましたよ」

下女のお亀が成島重行のもとに来て、ささやいた。

文机《ふづくえ》に向かって書き物をしていた重行が顔を上げる。

朝から、お亀に隣をさりげなく見張り、喜久市が外出したら知らせるよう命じていたのだ。

「どこに行くのかわかるか」

「お竹ちゃんが手を引き、もう一方の手に糠袋《ぬかぶくろ》を持っていますから、湯屋に行くのだと思います」

「よし、湯屋なら、しばらく戻らぬな」

重行は立ち上がり、下駄をつっかけて路地に出る。

明かり採りのために入口の腰高障子は開いていたので、敷居のところから声をかける。

「隣の隠居ですが、ちょいとよろしいですかな」

「亭主は出かけていますよ。亭主がいないのをみすまして、来たのですか」

お鈴が薄く笑い、目を細めてこちらを見た。

髪を洗ったあとなのか、まだ髷《まげ》を結っていない。長い髪の根を藁《わら》しべで巻いていた。縞縮緬《しまちりめん》の棒縞《ぼうじま》の広袖《ひろそで》を着て、博多《はかた》織《おり》の男帯をだらしなく、ぐるぐる巻きにしている。

重行は相手の淫靡《いんび》な色気に、やや動揺した。

若いときであれば、平常心をたもてなかったかもしれない。というより、誘惑されるのを期待したかもしれない。

だが、いまはもう、そんな期待はない。

「おまえさんと、ちょいと話をしたいと思いましてね」

「はい、覚悟はできていますよ。亭主から、『次は、おめえの番だぞ』と聞かされていましたからね。どうぞ、お上がりください」

「ここでは話しにくいということであれば、わしのところでもよいですぞ。下女のお亀はいますが」

「いえ、内でかまいません。どうぞ、お上がりください」

「そうですか、では」

とはいえ、女房がひとりだけのところに、上がり込むわけにはいかない。重行は上がり框《がまち》に腰をおろした。

室内にいるお鈴と話をするには体を捻《ね》じ曲げなければならないが、仕方があるまい。ここは、あくまで節度を守る。

「まあ、そんなところでは」

そう言いながら、お鈴が茶と煙草盆を持って、上がり框の近くに寄ってくる。

ふたりはかなり体が接近した。おかげで、小声で話ができそうだった。

腰高障子は開け放しているので、路地を歩く人からは丸見えになるが、逆に誤解を受ける心配もない。

「あたしは、深川の『あひる』で女郎をしていたんですよ」

お鈴が自分から言った。

遊女だったことを隠そうともしない。

重行も「あひる」という、一風変わった名称は知っていた。あひるは、佃新地《つくだしんち》の俗称で、深川に数多い岡場所のひとつである。

吉原が公許の遊廓《ゆうかく》であるのに対し、岡場所は非合法の私娼《ししょう》地帯だった。しかし、非合法とはいえ、岡場所の女郎屋は公然と営業していた。町奉行所が見て見ぬふりをしていたからだ。

役人だっただけに重行も、町奉行所の岡場所に対する煮え切らない態度は知っていた。

「そうでしたか。雰囲気から、元は玄人《くろうと》であろうとは思いましたがね」

「すぐわかるようですね。ですから、隠しても無駄なんですよ。変に隠して、陰であれこれ噂されるのはいやですからね。最初から元玄人とあけっぴろげにした方が、さばさばしていますから」

「なるほど。そうかもしれませんな。

するとと、客としてあひるに来ていた喜久市どのがそなたを気に入り、身請けしたというわけですか」

「金貸しの座頭の女房になるのは、やはりためらいましたけどね。でも、年季がまだ三年も残っていたのですよ。年季明けを待つよりは、ここで身請けしてもらって、あひるを出る方がいいと考えましてね」

「そうですな。年季明け前に身請けされて自由の身になる者は、そうそうはいますまい。そなたは運がよかったと言えるのではないですかな。

ところで、大家の三郎兵衛どのが店立《たなだ》てを食わせてきましたね」

「ああ、あれですか。あたしの気を引いていたのだと思いますよ。

大家さんに店立てを食わされ、亭主はびっくりして、うろたえていました。

そこで、あたしはこう言ってやったのですよ。

『おまえさん、心配することはないよ。どうせ口先だけさ。放っておきなよ』

まさか、亭主に、大家さんはあたしに気があるのさ、とは言えませんからね」

「それは、そうですな。しかし、三郎兵衛どのがそなたに気があるとは、どういうことですか」

「そこですよ。あの野暮天は、あたしが女郎上がりだけに、ちょいと誘えばすぐなびくと、安く見たのじゃないでしょうか。あたしは、『馬鹿にするな』と言いたいですね。

きっと、これまで女郎買いもしたことのない、野暮な男ですよ。

大した用事でもないのに、内にやってきて、うだうだしゃべりながら、亭主の目が見えないのをいいことに、あたしの手にそっと触れたり、お尻をそっと撫《な》でたりするのですよ。もちろん、うっかり手がさわったというふりをしていましたがね。

要するに、誘っていたのです。

あたしは、すぐにわかりましたね。ちゃんちゃらおかしいとは、このことですよ」

「その話を、小網町のくすみの二階座敷で、小林岩雄どのにしましたか」

たちまち、お鈴の顔がこわばった。

少なからぬ衝撃を受けたようである。

息をととのえたあと、怒りをにじませて言った。

「小林さまがしゃべったのですか」

お鈴は小林が白状したと誤解している。

重行はあえて何も答えなかった。まさか、三郎兵衛が暴露したとは告げられない。

だが、重行の無言を、お鈴は肯定と理解したようだった。

「小林さまがしゃべってしまったのなら、仕方がありませんね。でも、亭主には内緒にしておいてくださいよ」

「もちろん、そのへんは、ご心配なく。

しかし、なぜ小林どのと……」

重行は不思議で仕方がなかった。

小林に女をひきつける魅力があるとは、とうてい思えなかった。

お鈴が困惑した顔になる。

「なぜ、と言われても困るのですがね。何となくと言いましょうか。

とにかく、亭主はけちなのですよ。あたしは、あひるで女郎をしていたころ、客に祝儀をもらうのはもちろんのこと、おごってもらって、鰻の蒲焼なんぞ、それこそ食い散らしていました。ところが、亭主と所帯を持ってからは、鰻とはまったく縁が切れましたからね。鰻どころか、鰯《いわし》とも縁が切れましたよ。

そんなとき、

『鰻でも食いにいかぬか。もちろん、ご亭主には内緒じゃ』

とささやかれると、ぐらっとくるのが当然ではありませんか。

行ってみると、二階座敷には布団と枕がふたつ用意されているわけです。すぐに小林さまの下心はわかりましたよ。

でもね、あたしとしては、小林さまに恥をかかせては亭主の商売に差しさわりが出るかもしれないと考えたのですよ。女房として、亭主の商売の足を引っ張るわけにはいきませんからね。

それに、小林さまはやっていることがやっていることだけに、けっこう金を持っていましてね。密会のあと、それなりの祝儀をくれたのです。

亭主がけちなだけに、あたしはありがたかったのです」

「なるほどな。よくわかった。ともあれ、大家が店立てを取り下げるようにしてみるつもりじゃ」

重行は腰をあげた。

＊

二階の部屋で文机に向かい、重行は各人の供述を読み返した。それぞれが語ったことの要点を書き留めていたのだ。

読み返し、考えていて、ハッと思い出した。

喜久市が大家の三郎兵衛について、

「数日後、またもや女房がいないときにやってきて、月末までに立ち退けと言い張るのです」

と述べていたのではなかったか。

ということは、三郎兵衛は少なくとも二度、お鈴が不在のとき、喜久市のもとにやってきて店立てを申し渡したことになる。

たまたま、お鈴は外出していたのだろうか。

いや、たんなる偶然ではないかもしれない。

もしかしたら、三郎兵衛はお鈴が不在のときをうかがい、喜久市を訪ねたのではなかろうか。

とすると、どうなる……

「三郎兵衛のやつ」

重行は思わずフッと失笑した。

これで、すべてがわかったと思った——

三郎兵衛はお鈴に気があった。元は遊女だけに、大家の自分がさそえば、すぐになびくと踏んだのであろう。

だが、亭主のいる前で口説くことはできない。そこで、喜久市の目が見えないのをいいことに、そっと手を握ったり、尻をなでたりして気を引いたが、いっこうに相手にしてもらえない。

もちろん、お鈴は夫のある身であり、そう簡単になびくはずがない。三郎兵衛としてはもどかしかったであろう。

そんななか、お鈴が町内の若い職人と密通しているのが判明した。また、喜久市の依頼を受けて取り立て役をしている小林岩雄とも密通しているらしいことがわかった。

三郎兵衛としてはなんとも忌々《いまいま》しく、腹立たしいかぎりだったろう。自分には見向きもしないくせに、若い職人や小林とは密会していたのだ。

喜久市に長屋から出て行くよう申し渡したのは、お鈴に対する怒りはもちろんだが、三郎兵衛なりの計算があった。

店立てを迫られた喜久市は、女房に頼むであろう。

「大家が、長屋から出て行けと言うのよ。俺がいくら頼んでも、あの因業大家は聞き入れそうもない。

お鈴、おめえ、大家のとこに行って、店立《たなだ》てを取り下げてもらってくれないか。女のおめえが涙ぐんで頼めば、あの頑固者も折れるだろうよ」

そして、亭主の依頼を受けてお鈴がひとりで訪ねてきたところを、口説くつもりだったのだ。三郎兵衛はお鈴に、自分の言う事を聞けば店立ては取り下げてもいいと、大家の権威をひけらかすつもりだったのかもしれない。

ところが、案に相違して、喜久市は小林に依頼した。

登場した小林を見て、三郎兵衛は驚いたに違いない。いや、それ以上に、怒りがこみあげてきたであろう。自分を出し抜いて、お鈴と間男をしているのだから。三郎兵衛は小林の依頼を拒否するばかりか、つい罵倒《ばとう》してしまったのだ。しかも、興奮のあまり小林とお鈴の密通を暴露した。

狼狽《ろうばい》し、かつ逆上した小林は思わず刀を抜いた。おそらく、人前で刀を抜いたのは初めてだったのであろう。きちんと剣術の稽古をしたこともないに違いない。だが、そのおかげで、斬りつけたものの、額にかすり傷を負わせるだけに終わった――

(真相は、こういうことか)

重行は笑い出したい気分だった。

町奉行所の同心がまともに取り扱うような事件ではない。他愛ない、市井の揉《も》め事と言ってよかろう。

(しかし、ご隠居同心にはふさわしい事件かもしれぬな)

またもや、笑いがこみあげてくる。

ともあれ、俵屋新右衛門に報告するつもりだった。

第三章　吉原

（一）

店先に掛けられた暖簾《のれん》には、紺地に白く、

∧俵
たわらや

と染め抜かれていた。

通りから見ても、繁盛しているのがわかる。俵屋は質屋と両替商を兼ねているため、二種類の客がいるようだった。

着物を小脇に抱えた職人風の男や、風呂敷包《ふろしきづつ》みを持った長屋のかみさんらしき女は、質屋の客であろう。それぞれ、持参した品を質入れし、現金を得ようとしていた。いくらの値が付くか、俵屋の奉公人と客の丁々発止の掛け合いが演じられているようだ。

いっぽう、お店者《たなもの》らしき男は両替に来たに違いない。金貨、銀貨、銅（銭）貨と、三種の貨幣が併用されているため、商家は頻繁に両替しなければならないのだ。

両替の部署を見ると、大きな笊《ざる》に波銭が山盛りになっていた。その隣には、一文銭が山盛りになった笊がある。客が持ち込んだ高額な金貨や銀貨を、銭に両替するのである。

さすがに、小判や二分金などは目に付く場所には置いていなかった。

成島重行が店先に立つと、丁稚が寄ってきた。先日、角樽《つのだる》を持参した丁稚である。

「旦那さまにご用ですか」

「うむ、隠居の重行が来ていると伝えてくれぬか」

「へい、少々、お待ちくださ い」

丁稚が、店の右奥に向かう。

帳場格子《ちょうばごうし》の向こうに新右衛門が座っていた。

丁稚がすぐに戻って来て、上がるように言った。

重行は店に上がり、帳場のそばまで行って座る。

新右衛門は、分厚い大福帳を置いた帳場机を前にして座り、右手に筆を持っていた。その筆を硯《すずり》に寝かせ、言った。

「奥の座敷にしたいところなのですが、あいにく番頭が出かけておりましてね。帳場を留守にするわけにはいかないものですから、ここで勘弁してください」

「お忙しいようでしたら、出直しますぞ」

「いいえ、かまわないのです。ただ、あたくしは帳場から離れられないものですから、ここでお願いします。

それで、事情はわかりましたか」

「はい、ほぼ全貌《ぜんぼう》がわかりましたぞ」

重行が、小林岩雄、三郎兵衛、喜久市、お鈴の四人にそれぞれ思惑があったことを説明する。そして、それぞれが自分の都合のいいように弁明していたことを明らかにした。

話している途中で、女中が茶を持参し、重行の前に置いた。

聞き終えると、新右衛門がフーッと大きく息を吐いた。

「なるほど、割れて破片になった焼物がピタリとはまり、修復されたかのようですな。いや、よくわかりました。疑問はすべて解消しましたぞ。

それにしても、たいしたものです。さすがですな」

新右衛門が感心して言う。

重行が元同心だからこそと見ているに違いない。現役のころの知識と経験が生きたと思っているのであろう。

実際は、重行は捜査や尋問の経験はなかったのだが、あえて言わなかった。

「ところで、内済にする場合、金額はどのくらいにしたら、よろしいでしょうか」

「う〜ん、そうですな」

重行は記憶をさぐる。

奉行所で執務している時、刃物による傷害で内済になった事件の報告書を、多数目にしていた。そのほとんどを、いまも覚えている。似たような事例を踏まえて、無理のない条件を提案した。

「小林どのが三郎兵衛どのに、金一分の詫《わ》び金と詫び状を渡す。

いっぽう、三郎兵衛どのは金一分の受取証と、『以後、ねだりがましき儀はいっさい申しません』という念書を書いて、小林どのに渡す。

そして、それぞれ証文を、新右衛門さんの前で取り交わすという形がよろしいのではないでしょうか」

「なるほど、わかりました。では、小林さまと三郎兵衛を内に呼び、あたくしの前で証文を取り交わさせましょう」

「それがいいですな。それと、医師の竹田玄朴先生にも、小林どのと三郎兵衛どのは謝礼をしなければなりますまい」

「そうですな。玄朴先生には、あたくしどもから、いちおう鰹節《かつおぶし》を贈ったのですがね。小林さまと三郎兵衛に、玄朴先生に謝礼をするよう念を押しておきます。

ところで、三郎兵衛の下卑た下心はあきれたものです。大家を辞めさせましょうか」

新右衛門が憤然として言った。

重行がなだめる。

「いや、そこまでしては、ちと可哀そうな気がします。世の中、品行方正な男ばかりではありますまい。女に対して、男はみな似たような下心があるはずですぞ。

わしも下心はありますが、肝心の物に自信がないので、実行しないにすぎませんん」

新右衛門が噴き出す。

その突然の笑い声に、店内の奉公人や客が驚いて帳場の方を見ていた。

「そうですな。おっしゃる通りです。あたくしも耳が痛いですぞ」

「三郎兵衛どのも、今回で懲りたでしょうし」

「大家として、よくやってくれているのはたしかでしてね」

新右衛門が三郎兵衛の働きを認めた。

最後に、重行が言った。

「喜久市・お鈴夫婦への店立《たなだ》ては、取り下げる方がよいかと思いますが」

「そうですな。三郎兵衛に正式に撤回させます」

手代らしき男がそばに来て、

「旦那さま」

と呼ぶや、新右衛門に小声でささやく。

商売の機微にかかわることのようだ。

それを潮に、重行は腰をあげた。

＊

俵屋を出て、重行が長屋のほうに歩いていると、いましも草虫が木戸門をくぐって通りに出てくるところだった。

どことなく、急いでいるようである。しかも、横に見慣れない若い男がいた。雰囲気がお店者ではない。重行はふと、吉原の妓楼の若い者ではなかろうかと思った。

草虫が立ち止まり、やや早口で言った。

「おや、さきほど、お宅を訪ねたのですが、お出かけということでしたので」

「それは失礼しました。何か、ご用でしたか」

「ご相談したいことがあったのですが、迎えが来たので、じつはこれから吉原に行かねばなりません。

夜になると思いますが、うかがってもかまいませんか」

「ああ、かまいませんぞ」

「それと、明日は何かご予定がおありですか」

「天気がよければぶらぶらしようかと思っていましたが、とくに決めたわけではありません」

「では、明日一日、あたしに下さい。お願いします。くわしいことは、あとで述べますので。

急ぐので、失礼しますぞ」

草虫は一礼するや、若い男と一緒に足早に歩き去る。

重行はややあっけに取られて、ふたりを見送った。

(あの顔つきと口ぶりからすると、ただ事ではないな)

歩き出しながら、重行はつぶやく。

何か事件がおき、その解決を頼みたいということだろうか。

抜身を持った小林岩雄を秘武器で取り押さえた件は、すでに草虫も耳にしているであろう。町奉行所の辣腕《らつわん》の同心だったとか、無刀取りの達人などという誇張された噂も、もしかしたら耳に入っているかもしれない。

それらを踏まえて、草虫は重行に何か厄介なことを頼もうとしているのだろうか。

(う~ん、噂の一人歩きには困るな)

重行としては困惑するしかないが、いっぽうで、楽しみなのも事実だった。吉原にかかわる事件だと思うと、好奇心もつのる。

(ご隠居同心は引っ張りだこだな)

内心でつぶやき、重行は苦笑した。

＊

草虫は夜が更けてからやって来た。

その表情には疲労の色が濃い。

「どうぞ、お上がりください」

重行が勧めたが、草虫は上がり框《がまち》に腰をおろした。

やむを得ず、重行が行灯《あんどん》を上がり框のそばまで運び、自分もそこに座る。

「明日、一日、よろしいですか」

「どういうことなのかをうかがいませんと、お答えのしようがありませんが」

「花魁《おいらん》を吉原から脱出させます。それを、手伝ってほしいのです」

草虫がささやく。上がり框をえらんだのは、声をひそめて話せるからもあったようだ。

重行は驚き、まじまじと相手を見た。元楼主の発言とも思えない、なんとも乱暴な計画である。

「吉原はお歯黒《はぐろ》どぶと塀《へい》に囲まれており、唯一の出入口が大門《おおもん》。吉原の遊女は年季が明けるまで、大門から外には一歩も出ることは許されていないと聞いておりますが」

「その通りです。しかし、けっして禁を犯すわけではありません。花魁は身請けされたのです」

「では、堂々と大門から出て行けるではありませんか」

「じつは、それが難しい事情があるので、お願いしているのです。くわしいことは、あす、舟の中でお話ししますがね」

「法に背くのではありませんね」

「はい、お上《かみ》の禁令を破るわけではありませんし、吉原の定めを破るわけでもありません」

「危険はあるのですか」

「ありますが、そうならないよう、あたくしは今日、吉原に行って策を練ってきたのです。しかし、念のために、おまえさんにお手伝いいただきたいのです。花魁を無事に身請けさせてやるためなのです」

草虫が言葉に力をこめる。

重行は興味が出てきた。しかし、すぐに飛びつくほど若くはない。それなりに慎重に対応する。

「まだ、受け合うとは言いかねますな。あす、くわしい話をうかがってから、最終的な返事をします。それでよろしければ」

「わかりました。では、それでかまいません。明日は、明六ツ（午前六時頃）には長屋を出ます。よろしくお願いしますぞ」

一礼すると、草虫が帰っていった。

（二）

成島重行と草虫は、日本橋川の河岸にある船宿《ふなやど》で屋根舟を雇い、乗り込んだ。

「堀までやっておくれ」

草虫が船頭に命じた。

吉原の関係者や船頭、それに通人などは、山谷堀《さんやぼり》のことを気取って「堀」という。堀が山谷堀を意味するのは常識だった。

屋根舟の船頭は聞き返すこともなく、

「へい、かしこまりやした」

と言うや、棹《さお》を使って、日本橋川を下り始めた。

やがて屋根舟が隅田川に入ると、船頭は棹から艪《ろ》に切り替え、川を上り始める。

舟の中には、畳四枚ほどの座敷がしつらえてあった。簾《すだれ》は屋根に巻き上げてあるので、川風が吹き抜けるのはもちろん、行き交うほかの屋根舟、猪牙舟《ちょきぶね》、荷舟、そして高瀬舟が見える。

大きな高瀬舟とすれ違うとき、屋根舟は大きく揺れた。

煙管をくゆらせながら、草虫が言う。

「吉原でお遊びになったことはございますか」

「若い頃、何度か遊んだことはありますが、花魁《おいらん》は高嶺《たかね》の花で、手が届きませんでした。新造《しんぞう》買いがせいぜいでしたな」

重行が若き日の体験を述べた。

まだ、成島家の家督を継ぐ前だった。すでに吉原を体験していた友人に案内されて行ったのが、初めてだった。

吉原では上級遊女を花魁、下級遊女を新造という。重行の相手は新造だったのだ。

「吉原でお遊びになったことがあると知って、ホッとしました。話が通じやすいですからな。

吉原は江戸町《えどちょう》一丁目、江戸町二丁目、伏見町《ふしみちょう》、揚屋町《あげやまち》、角町《すみちょう》、京町《きょうまち》一丁目、京町二丁目に分けられております。といっても、べつに堀や塀で隔てられているわけではありませんがね。

京町一丁目に岡本屋《おかもとや》という妓楼《ぎろう》があり、あたしが楼主でした。あたしが隠居したあとは、娘婿《むすめむこ》の林右衛門《りんえもん》が楼主となっております。

岡本屋に唐歌《からうた》という遊女がいます。唐歌は花魁で、しかもお職でしてね。

お職は、その妓楼で最高位の遊女のことです。

ある商人が唐歌に夢中になりましてね。ところが、あるお武家も唐歌に熱をあげ、おたがいに意識し、競い合っていたのです。

こういう状況は、妓楼にとっては悪いことではありません。おたがいが意地づくになって散財してくれますからな。

楼主はじめ、奉公人一同は双方に気を遣わねばなりませんが、商売としては有卦《うけ》に入《い》ると申しましょうかね。要するに、ふたりが張り合うことで、妓楼は儲《もう》かるのです。

あたしが隠居したのは、商人とお武家が競り合っているさなかでしたな。あたしは当分、唐歌をめぐるふたりの立引は続くであろうと思っていました」

話を聞きながら、重行は想像がついた。

岡本屋の若い者などは、商人と武士のそれぞれに世辞を言いながらも、不安や疑念を抱かせるようなことをちらつかせ、対抗心をあおるように仕向けていたのであろう。

「遊女は売り物買い物です。だが、時に、男は本気で惚《ほ》れてしまうことがあります。唐歌の客の商人が、まさにそうでしてね。唐歌がお武家の相手もしていることが耐えられなくなったと言いましょうか、唐歌を独占したくなったといいましょうか。身請けをすると言いだしたのです」

「ほう、しかし、吉原の遊女、なかでも花魁を身請けするとなると莫大《ばくだい》な金がかかると聞いておりますが」

「醤油《しょうゆ》の醸造で成功した、野田《のだ》（千葉県野田市）の商人ですから、身請けの金で家産を傾けることはありますまい。

深川に出店があり、商売のため江戸に出てきたおりに吉原で遊び、唐歌を知ったわけです」

「すると、身請けしたら野田に連れて帰るのですか」

「そうなるでしょうね。ところが、それに異を唱えるというか、妨害しようとしているのが、やはり唐歌に夢中になっていたお武家です。

ところで、お旗本の水野美濃守《みずののみののかみ》さまはご存じですよね」

「もちろん、知っています」

水野美濃守忠篤《ただあつ》は、十一代将軍家斉《いえなり》の御側御用取次《おそばごようとりつぎ》だった。

三年前の天保《てんぽう》八年（一八三七）、家斉は将軍職を世子《せいし》の家慶《いえよし》に譲り、形だけは隠居したが、大御所《おおごしょ》と称してまだ権力を握っている。そのため、家斉側近の水野も相変わらず権勢をふるっていた。

「まあ、なにかと噂のあるお方のようですが」

「わしに遠慮はいりませぬぞ。賄賂《わいろ》のことですな」

将軍家斉の治世で、賄賂が横行し、幕府の官職は金で買うのが当たり前となった。賄賂を渡す相手は、家斉側近の水野らである。お気に入りの側近を通じて、将軍を動かしたのである。

家斉が大御所になってからも、その風潮は変わらない。というより、ますます露骨になっていた。

「では、遠慮なく申し上げます。水野さまのお屋敷は外桜田《そとさくらだ》にありますが、門前市をなすほどだとか。つまり、水野さまに頼みごとをしにくる人がひっきりなしで、それらの供をする中間《ちゅうげん》などを相手に、屋台店が出ているそうです。

いわば賄賂まみれの水野さまのご家来に、渡辺采女《わたなべうねめ》という方がいます。水野さまに面会するには、まず渡辺さまに頼まなければなりません。そのためには金を渡さなければならない。つまり、渡辺さまも賄賂で潤うというわけですな。

その渡辺采女さまこそ、唐歌に執心しているお武家です」

「ほう、主君である水野美濃守さまのおこぼれにあずかり、家来の渡辺どのは吉原の花魁《おいらん》を買う金にも不自由しないということですか」

「とはいえ、お旗本の家来くらいでは、野田の豪商に太刀打ちするのは無理ですな。商人が唐歌を身請けしそうだという噂を聞き、渡辺さまも対抗して身請けをしようとしたのですが、やはり金額を知って断念したようです。それだけに、無念だったのでしょうね。歯噛《はが》みして、

『町人風情が金にあかせて、武士を出し抜きおって。ううむ、許せぬ』

と悔しがっていたようです。

そして、怒りのあまり、

『身請けなどさせぬ。武士の意地じゃ。邪魔をしてやる』

と、うそぶいたのです。

そばにいた若い者が耳にしたのですがね」

重行は煙管を取り出し、煙草を一服する。

左に、多くの屋根舟や猪牙舟が出入りしている河岸場が見えた。柳橋《やなぎばし》のようである。

重行は話を聞きながらふと頭に浮かんだ疑問を、ここで口にした。

「岡本屋の花魁・唐歌をめぐって、渡辺采女どのが野田の商人に怒りをつのらせているのはよくわかりました。

しかし、肝心の唐歌の気持ちはどうなのですか」

草虫はちょっと困ったような顔になった。

しばらく考えたあと、口を開く。

「非情に聞こえるかもしれませんが、遊女は楼主に買われた身です。楼主が身請けに応じれば、遊女はその客のもとに行かねばなりません。遊女本人の気持ちなどまったく考慮されません。岡本屋の楼主・林右衛門が野田の商人に応じた以上、唐歌は従わねばなりません。それが、吉原なのです。

ただし、これは特例としてお聞きください。

あたしが楼主のとき、唐歌は売られてきたのです。十歳でしたな。いかにも田舎の貧農の娘でしたが、あたしはひと目見て、『磨けば光る』と感じましてね。何より聡明《そうめい》な子でした。妓楼では禿《かむろ》に読み書きを教えるのですが、唐歌の上達はめざましいものがありました。

岡本屋に売られてきて以来、見習の禿から始まり、新造として晴れて遊女となり、またたく間に花魁に出世したのです。しかも、岡本屋のお職にまで上り詰めました。あたしは禿のときから見てきていますから、自分の娘のような気分もありましてね。先日、岡本屋に行ったとき、身請けの噂を聞いて、あたしは唐歌とちょいと話をしたのです。そして、本人の気持ちも聞き出しました。唐歌自身、野田の商人に心底、惚れていたのです。あたしは心の底から、『よかったなぁ』と思ったものでした。

世間では、妓楼の楼主は冷酷非情と思われているようです。もちろん、あたしも否定はしません。しかし、楼主が遊女の幸福を願うこともあるのですよ。あたしは、唐歌を無事に送り出してやりたいのです」

言い終えて、草虫が照れたように笑った。

重行は心が動くのを覚えた。

唐歌を応援するのは、楼主の人生を送った草虫にとって、一種の罪滅ぼしの意味があるのかもしれない。重行は唐歌のために一肌脱いでもいいかという気分になってきた。

「しかし、いくら主君である水野美濃守さまの権勢をちらつかせても、渡辺どのが吉原の花魁の身請けを妨害することなど、できないのではありませんか」

「花魁が身請けされて吉原を出るときは、いわばお祭り騒ぎでしてね。その妓楼の朋輩《ほうばい》の花魁はもちろん、新造、禿、若い者らが総出で大門まで見送ります。遊女は大門から出ることは許されておりませんからね。

そのほか、付き合いのあった芸者や幇間《ほうかん》、引手茶屋の女将《おかみ》や若い者が見送りに来ます。こうして大勢に見送られ、花魁は晴れがましく大門を出ると駕籠《かご》に乗り、男とともに新しい世界に旅立つわけです。

この、岡本屋から大門に向かうにぎやかな一行を、途中で騒動を起こして滅茶苦《めちゃく》茶《ちゃ》にしようというわけです。もちろん、渡辺さまが表に出るわけはいきませんから、吉原に巣くう博奕《ばくち》打ちやごろつきなどに指示して、暴れこませるつもりでしょう。騒ぎに乗じて、唐歌に怪我をさせるかもしれません」

「ほう、計画がどうしてわかったのですか」

「大門から見て左側のお歯黒どぶ沿いを、羅生門河岸《らしょうもんがし》といいましてね。この羅生門河岸には、河岸見世《かしみせ》と呼ばれる安価な妓楼がひしめいています。この河岸見世に連中がたむろし、酒を呑《の》みながら相談しているのを、若い者がたまたま盗み聞きし、さっそく岡本屋に知らせてきたのです。以来、こちらでも人を使って、連中をそれとなく見張っているのですがね」

屋根舟が左に曲がり始めた。

まもなく、山谷堀である。山谷堀は隅田川に注ぎ込む掘割だが、一帯をさす地名でもあった。

＊

山谷堀に沿って、船宿が軒を連ねている。それぞれ、堀の水の中に桟橋を突き出していた。

そんな桟橋のひとつに、屋根舟が停泊する。

舟からおりたふたりを見て、客待ちの駕籠の人足たちがあちこちから声をかけてきた。当然、吉原に行く男と思っている。

草虫が言った。

「駕籠では話ができませんので、歩きましょう。よろしいですか」

「ええ、かまいませんぞ、歩きながら話しましょう」

あとは、日本堤《にほんづつみ》と呼ばれる土手道を歩く。

道の両側には田んぼが広がっていた。そんな辺鄙《へんぴ》な中を行く一本道なのだが、行き交う人は途切れることがない。

吉原から帰ってくる男もいれば、これから行く男もいる。また、駕籠に乗って吉原に向かう男もいた。

天秤棒《てんびんぼう》で荷をかついだ行商人はみな、急ぎ足で吉原の方に向かっている。妓楼は最大のお得意なのだ。

行き交う男たちを目当てに、土手道のあちこちには葦簀掛《よしずが》けの簡易な水茶屋があった。

歩きながら草虫が語る。

「数人の男たちが唐歌の身請けの見送りに暴れこみ、台無しにしようとたくらんでいるのを知って、楼主の林右衛門があたしに力を貸してほしいと言ってきたのです。まだ、若いですからな。

あたしは隠居ですから、もうかかわる気はなかったのですが、ことが唐歌に関することだけに、年寄りの冷水を決めたのです。唐歌のために、最後に何かしてやりたいと思いましてね」

「なるほど、で、どうするおつもりですか」

「人の死を『好機』などと称するのは人非人でしょうが、計画にとって好機と言う意味です。そう、ご理解ください。

岡本屋の新造のひとりが病の床に伏していたのですが、医者の診立てによると、長くてもあと二、三日とのこと。あたしはこれを聞いて、好機だと思ったのです。新造の死を利用しようと考えたわけです。

吉原の遊女は死ぬと、菰《こも》に包まれ、若い者ふたりが天秤棒でかついで三ノ輪《みわ》の浄《じょう》閑《かん》寺《じ》に運ばれます」

「俗にいう、投込寺ですな」

「はい、世間では、死体は浄閑寺の墓地に掘った穴に投げ込まれて終わり、とか評しておりますが、誇張ですな。それほど非道ではありません。墓標がないのはたしかですがね。

それはともかく、あたしは若い者や、岡本屋に出入りの幇間などを使って、『花魁《おいらん》の唐歌が急病で倒れた』

という噂を流しました。

もちろん、唐歌には人前に出ないよう命じましたがね。

そして、新造の死を待ったのです。これも、冷酷無情に聞こえるかもしれませんがね」

たしかに、草虫は新造の死を早めようとしたわけではないが、死を待つというだけで、冷酷な響きがある。しかし、それだけで判断すべきではあるまい。

重行は極力、感情的な判断は抑えようと思った。

「ふむ、で、どうしたのですか」

「昨日、いよいよ新造が危ないという知らせが届きまして、あたしはすぐに吉原に行ったのです。岡本屋に着いたとき、すでに日が暮れていましたが、まもなく新造は息を引き取りました。すかさず、あたしは人を使って、

『唐歌が死んだ。あす、浄閑寺に送る』

という噂を流したのです。

この噂を耳にして、岡本屋を見張っている連中が信じるはずはありません。裏を読んで、

『唐歌を死んだことにして菰に包み、大門から出そうとしているに違いない。菰に

包まれて抜け出そうとするところを襲い、赤っ恥をかかせてやれ』

と勇み立つに違いありません。

つまり、連中が新造の死体を唐歌と思い込んで取り囲み、騒いでいる隙《すき》に、本物の唐歌をそっと大門から抜け出させようという策です。

ここまで細工をして、あたしは昨晩、ようようサブロ長屋に帰ってきたわけです。そのため、おまえさんのところにうかがったのは、夜が更けておりました。

これが、あたしの作戦ですが、いかがでしょうな」

「う〜む、まさに『三国志』の諸葛孔明《しょかつこうめい》を彷彿《ほうふつ》とさせますな。敵の心理の裏をかく、見事な作戦だと思いますぞ。しかし、ひとつ、疑念があります。

騒動を利用して大門から抜け出すとして、唐歌はひとりで出て行くのですか」

「まさに、そこでしてね。

まさか、ひとりと言うわけにはいきません。付き添いと言いますか、護衛と言いますか、そばにいる男が必要です。あたしが引き受けるのが当然なのかもしれませんが、あたしは吉原で顔を知られています。逆に、連中の注意を引いてしまいます。

そこで、重行さん、連中に顔を知られていないおまえさんに、唐歌の付き添いを頼みたいのです」

左に、五十間道《ごじゅっけんみち》があった。日本堤は周囲より高くなっているため、五十間道をおりていくと、その先に大門がある。

草虫が立ち止まった。

「さて、ここから五十間道です。もし断るということでしたら、ここまでとしましょう。もちろん、お帰りの駕籠《かご》と舟は用意します。

断ってもらっても、いっこうにかまいませんぞ。重行さんは岡本屋にも唐歌にも、義理も縁もないのですから」

「ここまでお膳立《ぜんだ》てができているのを断っては、いわゆる『据《す》え膳《ぜん》食わぬは男の恥』ではないですか。ただし、誘っているのは女ではなく、男ですがね。行きましょう」

重行がさらりと言い、歩き出す。

「据え膳食わぬは男の恥」は、女から誘われたら、男は応じるのが当然という意味である。重行は草虫の準備を据え膳にたとえたのだ。

草虫は声を上げて笑った。

「ありがたいですな。ちょいと、不安でしたがね。重行さんに手伝ってもらえば、大船に乗った気になれます」

間道の両側には、茶屋や蕎麦屋、商家などが軒を連ねている。しばらく五十間道を歩き、大門が近くなったところで、草虫が手を上げた。

すぐに、初老の男が寄ってきた。着物の裾《すそ》を尻《しり》っ端《ぱ》折《しょ》りし、紺色の股引《ももひき》を穿《は》いている。

草虫は男に何やらささやいたあと、重行に言った。

「岡本屋の若い者は顔を知られているので使えません。そこで、別な妓楼の若い者に頼みました。文七《ぶんしち》といい、信頼できる男です。これからは、この文七がご案内します。

文七は吉原の裏も表も、すべて知っている男です」

「へい、文七でごぜえす。すべて、うかがっておりやす」

文七がぺこりと頭を下げる。

年齢は重行とあまり変わるまい。だが、妓楼の男の奉公人は年齢にかかわりなく、すべて若い者と呼ばれた。

「では、あたしは大門の中には入りません。あとで、お会いしましょう」

草虫はそう言うと、踵《きびす》を返した。

（三）

大門をはいると、大きな通りがまっすぐ走っている。この通りの名を、仲之町《なかのちょう》といった。

仲之町の両側には引手茶屋《ひきてぢゃや》が軒を並べていた。引手茶屋は富裕な客の遊びの案内所である。

ところどころ、引手茶屋のあいだに、江戸町一丁目などの木戸門があり、門をくぐって進むと、両側に大小の妓楼が並んでいた。

文七は仲之町を歩き始めた途端、

「ご隠居、ちょいと待っていてください」

と言うや、一軒の引手茶屋に入っていった。

すぐに戻ってくると、成島重行に一本の樫《かし》の棒を手渡した。

「杖《つえ》にしてください。ご隠居だと、杖を突いていても目立たないでしょう。いざというとき、役に立つはずです」

「うむ、そうだな」

腰に刀を差していないため、杖を持っているだけでかなりの安心感がある。文七はなかなか気が利くようだ。

「岡本屋のある京町一丁目は大門から見て、いちばん奥にあります。連中はいま、仲之町のあちこちにちらばり、岡本屋から花魁《おいらん》の死体が出て大門に向かうのを待ち構えているはずです」

「なるほど。しかし、肝心の花魁の唐歌はどこにいるのだ」

「へへ、これからご案内します」

文七に連れて行かれたのは揚屋町だった。

吉原の中でも揚屋町は異質な一画で、通りの両側には妓楼はなく、各種の商家が並んでいた。通りから奥に入っていくと、裏長屋もある。江戸市中の町家とまったく変わらない。

揚屋町の裏長屋には芸人や職人が住んでいた。みな、妓楼にかかわる商売である。このため、吉原は閉鎖空間でありながら、大門を出ることなく、ほとんどすべてを調達できた。

通りに面して、薬屋があった。

店には客が数人いて、普通に営業している。

「ここですが、勝手口から入ります」

文七が狭い路地に案内する。

路地を進むと、薬屋の勝手口があった。

勝手口の腰高障子をあけて中に入ると板敷で、台所になっていた。

台所にいた下女らしき女が文七を見て、頭を下げる。

文七が無言で、二階を指さした。

下女も無言でうなずいた。

「二階です」

文七がささやき、急勾配《きゅうこうばい》の階段をのぼる。

重行も続いた。

廊下で、障子の閉じられた部屋に向かい、文七が声をかけた。

「ご隠居の重行さんがいらっしゃいましたよ」

「あい、お入りなんし」

若い女の声だが、その言い回しは遊女のものだった。

障子をあけてはいると、部屋にはふたりの女がいた。

ひとりは御納戸《おなんど》色《いろ》の縮緬《ちりめん》の着物を着て、黒繻子《くろじゅす》の帯を締めていた。地味な着物にもかかわらず、匂い立つような色気がある。唐歌に違いない。

もうひとりの女は縞木綿《しまもめん》の着物に襷《たすき》をかけ、油じみた前垂れをしている。

「花魁の唐歌さんでごぜえす」

文七が言った。

唐歌が嫣然《えんぜん》とほほ笑み、重行に頭を下げる。

「大旦那《おおだんな》さまから、ご隠居さまのことはお聞きしておりいしたが、断られるかもしれないとおっしゃっておいででありいした。そのため、心細くありいしたよ。お引き受けいただいたのでありいすね。うれしゅうありいすよ。よろしくお願い申しいす」

大旦那さまとは、前楼主の草虫のことであろう。

続いて、唐歌が文七に言った。

「ちょうど、髪を島田《しまだ》に結い直してもらったところでありいすよ」

髪結の女に頼んで、花魁の華麗な髪型から島田に結い直したところだったのだ。

脱出の準備といってよい。

「するってえと、花魁、もう準備はようございますか」

「あい、着物も着替えいぃしたよ」

重行はまじまじと唐歌を見た。年甲斐《としがい》もなく、胸がときめく。

年齢は二十歳前くらいであろうか。それでいて、妓楼のお職なのである。

顔立ちが美しいのはもちろんだが、男の心をとらえて離さない妖艶《ようえん》な磁力のようなものがある。花魁独特の髪型をして笄《こうがい》を挿し、豪華な打掛《うちかけ》を身にまとっていたとき、圧倒的な美しさだったであろう。

「では、あたしは、これで」

髪結の女が一礼し、道具箱をさげて部屋からそっと出て行く。

文七がふところから木札を取り出し、唐歌に渡した。

「切手を用意しました。揚屋町に青柳《あおやぎ》と言う料理屋がありやして、お加代《かよ》という女将《おかみ》がいます。そのお加代さんが花魁と歳が同じくらいでしてね。お加代さんに頼んで、切手をもらいました」

「文七どんには何から何まで、やってもらいぃしたね。お礼を申しいすよ」

「とんでもねえ、花魁にそんなことを言ってもらっては、もったいない気がします」

そう言いながら、文七は重行の不思議そうな視線に気づいたようだった。切手のことと察したのか、説明する。

「吉原は、男の場合、大門は自由に出入りできます。

ところが、女の場合、大門から入るのは自由ですが、出るときは、大門の横にある四郎兵衛《しろべえ》会所《かいしょ》の番人に切手を示さなければなりません。切手を持っていない女は、けっして大門から出さないのです。遊女が変装して逃亡するのを防ぐための措置でしてね。

そのため、商売や用事で吉原に来る女は、あらかじめ五十間道にある茶屋などに頼み、切手をもらわねばなりません。また、吉原内に住んでいる女が用事で大門から出たいときは、町名主などのところに行って切手をもらうのです。

花魁は、青柳のお加代さんになりすまして大門を出ることになります」

「なるほど」

重行は吉原で遊んだ経験はあったが、切手のことまでは知らなかった。

それを言うと、唐歌がおかしそうに笑った。

「ご隠居さまだけではありいせん。お見えになる男衆はたいてい、切手のことは知りいせんよ。なにせ、自分は必要ありいせんからね」

そのとき、階段を駆けあがってくる足音が響いた。

男の声で告げる。

「岡本屋から仏さんが出ますよ」

文七が「おう」と返事をしたあと、ふたりに言う。

「ようござんすか」

「あい」

唐歌がきっぱり答えた。

重行はうなずき、

「うむ」

と答えたが、自分でもやや声が上ずっているのを感じた。

文七が最後に念を押す。

「あたしは、かなり離れて付いて行きます。大門までは花魁とご隠居、おふたりで連れ立って歩いてください。できるだけ親しそうにした方がよいですな」

＊

唐歌は素足に下駄を履いた。重行は白足袋に草履《ぞうり》である。

薬屋の勝手口から外に出て、揚屋町の通りを歩き始めた途端、唐歌が体を寄せて来て、肩が触れ合う。重行はドキリとした。

仲之町に出る少し手前で止まり、文七に指示された通り、死骸を待つ。

しばらくすると、若い者ふたりが天秤棒《てんびんぼう》で畚《もっこ》をかつぎ、仲之町を大門の方に行くのが見えた。畚には、細長い菰包《こもづつ》みがのっている。草虫が言っていた新造の死骸に違いない。

重行が横目で見ると、唐歌が目立たないように、瞑目《めいもく》してそっと両手を合わせていた。新造の死を悼《いた》んでいるのだ。

自分は身請けされて吉原を出る、かたや新造は死ぬことで吉原を出る。万感胸に迫るものがあるに違いない。だが、唐歌は感情を表に出すことなく、静かに新造の死を見送っていた。

「何歳で死んだのか」

重行が言った。

唐歌が淡々と答える。

「二十一と聞いておりいす」

「そうか。では、そろそろ行こう」

感傷にひたっている余裕はない。死骸を運ぶ畚のあとを追うように、ふたりは大門を目指して歩き始めた。

数人の男が飛び出してきて、畚をかつぐふたりを取り囲んだ。

「おい、ちょいと待て」

「何でごぜえす。仏さんを寺へ運ぶところですぜ」

「仏さんの顔をちょいと拝ませてくんな」

「何を言っているのですか、とんでもない」

「花魁《おいらん》の唐歌じゃねえのか」

「言いがかりをつけないでください。亡くなった新造ですぞ」

「いいから、顔を見せてくれ」

もみ合いが始まる。

歩いていた人々が何事かと立ち止まり、たちまち見物の輪ができた。

その横を、重行と唐歌がさりげなく通り過ぎる。

背後で怒号がしたが、ふたりは振り返ることなく歩き続けた。

多勢に無勢で、ついには畚を地面におろさせ、菰をはぎ取ったであろう。だが、現れるのは死んだふりをした唐歌ではなく、病みやつれた新造の死に顔である。

連中は呆然《ぼうぜん》とするであろう。

面《おも》やつれした顔を見て、唐歌が死んだという噂は本当だったのかと思うかもしれない。だが、連中の中に唐歌の顔を知っている者はいるであろう。よくよく見れば、唐歌ではない。岡本屋の若い者が言う通り、新造のようだ。

とすると、肝心の唐歌はどこにいるのか……

連中がまんまとはかられたと気づくには、しばらく時間がかかるであろう。

大門はもう、目の前にある。

四郎兵衛会所には数人の番人が常駐している。ところが、仲之町で騒動が起きているる気配を見て取り、みないったい何事かと注視していた。

唐歌が微笑み、

「ご隠居さま、ちょいと待っていてくださいね」

と言うと、番人のひとりに近づき、切手を渡す。

番人はじろりと、唐歌の結ったばかりの髪を見た。

重行は杖《つえ》を持った手に汗がにじむのを感じた。胸の動悸《どうき》も早い。

ところが、唐歌は平静そのものだった。それどころか、久しぶりで男と外に出る女の楽しさすら感じさせる口調で言う。

「揚屋町の青柳の者です」

「うむ、行きなせえ」

番人は切手を受け取ると、すぐに視線を仲之町の騒動に戻した。

「ご隠居さま、行きましょう」

唐歌がうながす。

重行はホッとため息をつき、連れ立って大門を出た。

外には、たくさんの駕籠《かご》が客待ちをしている。吉原の規則として、医者以外は駕籠に乗ったまま大門の内に入ることはできないのだ。

いつのまにか、文七がそばにいた。

「ご隠居も駕籠にしますかい」

「いや、わしは駕籠のそばを歩こう」

「わかりやした」

文七が駕籠かきの人足に命じる。

「堀までやってくんな。酒手《さかて》ははずむから、急いでくんなよ」

「へい、かしこまりやした。

どうぞ、お乗りなせえ」

唐歌が駕籠に乗り込む。

人足ふたりが駕籠をかつぎあげ、

「へい」

「ほう」

と、掛け声を合わせて歩き出した。

そばを、杖を持った重行が行く。

見送りながら、文七が言った。

「では、あたしは騒ぎを見届けるので、あとに残りやす」

駕籠は五十間道をのぼり、日本堤に出た。

あとは、ひたすら山谷堀を目指す。

重行はさきほど歩いた道なのだが、まるで別な道を歩いているような気がした。

背後を振り向きたくなるが、その気持ちを懸命に抑えた。

（四）

山谷堀に着き、唐歌が駕籠からおり立つと、船宿からふたりの男が出て来た。

ひとりは草虫である。もうひとりは三十代のなかばくらい、羽織姿で、恰幅《かっぷく》がよかった。

船宿から現れた男の顔を見て、唐歌の目に涙があふれる。

男は唐歌を見つめ、何度もうなずいたあと、

「盛大な見送りをさせてやれなくて、すまなかったな」

と、あやまった。

「いえ、おかげで、思い出に残る脱出行でしたよ。ありきたりでないのが、何よりです」

唐歌はすでに吉原言葉を捨て、普通の言い回しになっている。

その聡明《そうめい》さをうかがわせた。

成島重行をかえりみながら、唐歌が言った。

「こちらのご隠居さまに終始、守っていただきました」

「あ、これは、ご挨拶がおくれてご無礼しました。草虫さんからもうかがっていたのですが、うっかりしておりました。

あたくしは、野田の山本屋《やまもとや》清左衛門《せいざえもん》と申します。このたびは、ありがとう存じました。

どうです、船宿で一献《いっこん》、差し上げたいと思いますが」

清左衛門が相談するように、草虫に目を向ける。

ところが、草虫は返事をするどころか、別な船宿の入口を凝視していた。

「渡辺采女さまですぞ。もうひとり、そばにお武家がいますが、用心棒の浪人のようですな」

う〜ん、山谷堀を張っていたとは。迂闊《うかつ》でした」

ささやきながら、草虫の顔は蒼白《そうはく》になっている。

清左衛門がかばうように唐歌の前に立ったが、やはり顔は青ざめていた。

浪人がすたすたとこちらに歩いてくる。渡辺の指示を受けたようだ。

「おい、その女にちと用がある。あちらの船宿に顔を出してほしい」

草虫も清左衛門も無言である。

やむを得ず、重行が進み出た。

「お断りすると言えば、どうなりますかな」

もちろん、緊張はある。

しかし、先日、サブロ長屋で、小林岩雄から白刃《はくじん》を向けられたときのような、全身が凍るような恐怖はなかった。すでに実戦を経験しているだけに、落ち着いていたと言ってもよい。

「なにい、爺《じじ》ぃ、どこの馬の骨か知らぬが、引っ込んでいろ。刀にかけても連れて行くぞ」

浪人が刀の柄《つか》に右手をかけた。

重行が杖を両手で握り、左頭上に振り上げた。

「脳天に戒《いまし》めの一撃としますかな」

「ふん、爺ぃ、棒術の稽古でもしておるのか。いい気になるな。『生兵法《なまびょうほう》は大怪我の基』ということを教えてやろう」

浪人が唇をゆがめて冷笑した。

刀で杖を一刀両断にするつもりらしい。抜き打ちに自信があるのか、左手で鯉口を切り、じりじりと近づいてくる。間合いを狭めながら、杖の動きに全神経を集中している。

重行は杖をつかんでいた右手をすっとおろすと、帯の間から分銅鎖を引き出す。すかさず一閃《いっせん》させて、浪人の顔面を狙った。

突然、左の頰骨に衝撃を受け、浪人は動転していた。分銅の動きは見えていなかったため、石礫《いしつぶて》が投げられたと思ったのか、あわてて左の方向に視線を向ける。

左の頰から一筋の血が流れ下っていた。

重行が分銅鎖を持ったまま、右手を杖《つえ》に添えた。一歩踏み込み、浪人の右手首を撃ちすえる。

ビシッと、鈍い音がした。

かつてさんざん稽古した、戸田流剣術のコテである。もう十年近く剣術から遠ざかっていたが、やはり体が覚えていた。

相手が刀の柄から右手を離したのを見て、重行は杖を両手で構えるや、体ごと踏み込みながら突きを入れる。

杖の先端が浪人の腹部に食い込んだ。

「ぐえッ」

うめき声を発し、浪人はその場に膝《ひざ》からくずおれた。

けっきょく、刀を抜くことはなかった。当分は、起き上がれないであろう。

重行は渡辺をひたと見すえて、歩いて近づいていく。

「な、なんだ。拙者は見ていただけだ」

渡辺はうろたえ、しどろもどろになった。

顔が引きつっているが、刀の柄に手はかけていない。刀を抜くつもりはないようだ。

すでに、多くの男女が足を止め、遠巻きにして見守っている。

武士が老人に威嚇され、おどおどしている図はさすがに体裁《ていさい》が悪いのか、

「拙者は何の関係もない」

と言い捨て、足早に歩き去ろうとする。

重行が身を沈め、右手に持った分銅鎖を低く水平に振った。

先端が渡辺の、白足袋に草履を履いた右足首にくるくると巻き付く。重行が立ち上がりながら、分銅鎖をグイと引いた。

「うわーっ」

渡辺は叫びながら、前方に突っ伏した。

とっさに両手を前に出したので、かろうじて顔面を直撃するのはまぬかれたが、腰に差した両刀の柄頭《つかがしら》が地面にぶつかって、鞘《さや》ごとよじれる。

腹部をきりきりと帯で締め付けられ、渡辺が苦悶《くもん》のうめき声をあげた。

必死に体の位置を動かし、尻餅《しりもち》をつくかっこうになって、ようやく帯の締め付けから解放されたようだ。両刀は鞘ごと、大きく飛び出していた。

渡辺はフーッと大きな息を吐き、その後は肩で息をしている。頬に涙が垂れてい

た。よほど苦しかったのであろう。

地面でのたうち回ったため、羽織も袴《はかま》も泥まみれだった。だが、泥を払い落とすことも忘れている。

重行は相手がやや落ち着いたのを見て、

「主人の美濃守さまにこの醜態が知れると、都合が悪いのではありませぬか」

と、静かに言った。

渡辺はギョッとした顔になった。

「ご貴殿は、殿を知っておるのか」

「よく知っておりますぞ」

嘘ではない。

重行は水野美濃守忠篤はよく知っていた。おたがいに面識がないだけである。

だが、渡辺は、この老人は主人の知己《ちき》と誤解したようだ。

「知らぬこととはいえ、まことに失礼をいたした。殿にはなにとぞ内聞に願いたい」

「そんなことより、早くここを立ち去ったほうがよいのではありませぬか。こんなに大勢が集まっておりますす。誰が見ているかわかりませんぞ」

「う、うむ。たしかに、そうじゃ。かたじけない」

渡辺があわてて立ち上がるが、顔がゆがんだ。

体のあちこちが痛むのであろう。だが、そんなことにかまっていられない心境なのか、

「では、これにて――」

と一礼するや、足早に去っていく。

だが、その後ろ姿は、動きがどこかぎこちなかった。

重行が三人のもとに戻ると、地面にへたり込んでいた浪人の姿がない。

「おや、さっきの武家は」

「まだ歩けそうもないようでしてね。しかし、道に座り込まれていては人が迷惑しますから、あそこに運び込んで、寝かせています」

草虫が指さす先を見ると、船宿の店先の床几《しょうぎ》に、浪人が仰向けに寝かされていた。両刀は鞘ごと抜き取り、そばに置かれている。野次馬に手伝ってもらい、床几まで運んで寝かせたのであろう。

「ほう、なるほど」

重行は草虫の臨機応変の対処に感心した。

清左衛門が感に堪えぬように言った。

「お見事でしたな。草虫さんからお聞きしておったのですが、いやはや、感服いたしました。

ところで、改めて、一献差し上げたいと存じますが」

「そんなことより、ここを早く発《た》ったほうがよいですぞ。あの男はいまでこそ虫の息のようですが、回復したら、恨みを晴らすため何をするかわかりません。それに、新手《あらて》が現れるかもしれませんぞ」

重行の言葉に、清左衛門が驚いて草虫を見る。

草虫がうなずいた。

「重行さんのおっしゃる通りです。早く舟に乗ってください。送別宴などにこだわっている場合ではありませんぞ」

「そうですか。わかりました。

では、行こうか」

清左衛門が唐歌に言う。

「あい」

返事をしたあと、唐歌は草虫の手を握り、

「大旦那さま、お達者で」

と、涙声で言った。

草虫は感無量という表情で、

「うむ、うむ」

と繰り返している。

続いて、唐歌は重行の手を遠慮がちに握った。

その手のひらのやわらかな感触に、重行はぞくっとした。生まれて初めての甘美な経験である。

「ご隠居さま、ありがとう存じました。今日のことは、一生忘れませんよ」

「うむ、まあ……、とにかく、達者でな」

重行としては気の利いたせりふを述べたかったのだが、何も思いつかなかった。

言い終えたあとで、ちょっと自分が情けない。

「さあ、急ぎましょう」

草虫が急《せ》かす。

四人、連れ立って桟橋におりた。

最後に、清左衛門が言った。

「ひとまず深川の出店に寄り、支度をして、野田に向かいます」

ふたりが舟に乗り込む。

船頭が舫《もや》い綱を解き、棹《さお》を使って舟を動かし始めた。

重行と草虫は桟橋の端に立ち、遠ざかっていく舟を見送った。

「江戸から野田までは舟で行けるので楽ですな」

草虫がぽつりと、つぶやく。

重行が驚いて言った。

「え、舟でそのまま野田まで行くのですか」

「はい、小名木川《おなぎがわ》と言う掘割が隅田川と江戸川《えどがわ》をつないでおります。隅田川から小名木川、江戸川という経路です。あとは、江戸川をさかのぼれば野田です。

そのため、江戸から野田まで歩くことなく、舟に乗ったままでいけるのです。

もちろん、山谷堀で雇った屋根舟で野田まで行くのは無理ですから、深川で大きな舟に乗り込むはずですよ」

「ほほう、そうですか」

重行は自分が江戸近郊について無知なのを痛感する。

（一度、舟で野田まで行ってみるのも、よいかもしれぬな）

できるなら、野田紀行をしてみたい気がした。

もちろん、山本屋に顔を出す気はまったくない。唐歌はすでに他人の妾《めかけ》だった。

（五）

船宿の床几に浪人の姿がなかった。

あわてて草虫が女将《おかみ》に尋ねる。

「さきほどのお武家は、どうしましたか」

「ついさきほど、こそこそと逃げるように帰っていきましたよ。礼の一言もないんですからね」

女将が口をとがらせた。

草虫は逃げ去ったと知って、安心したようだった。財布からいくばくかの金を取り出し、懐紙に包んで女将に渡す。

「そうでしたか。よほど体裁が悪かったのでしょう。それにしても、ご迷惑をおかけしましたな」

迷惑料と言うことであろうが、さりげなく金を渡して礼を述べる。

女将も機嫌を直したようだ。

「さて、これで終わったと思うと、腹が減ってきましたな」

草虫が言った。

重行も急に空腹を覚える。

「たしかに、そうですな」

「では、ちょいと、そこの鶴屋《つるや》という小料理屋にあがりましょう」

草虫が、船宿にはさまれた一軒に向かう。

これまでに、鶴屋で飲食をしたことがあるようだ。

軒先の看板には、

即
∧鶴　御料理
席

と書かれていた。

重行は料理屋で食事をしたことはほとんどなかった。そもそも、子供時代から町奉行所の同心のころを通じて、外食をする機会そのものが滅多になかった。

隠居して、あちこち出歩くようになってからはしばしば外食をしたが、それでも独りで食べるため、たいていは蕎麦《そば》屋《や》や一膳飯屋《いちぜんめしや》ですませていた。料理屋にあがったことはない。

しかし、料理屋と無縁とは言え、いちおう「即席」は、その場で注文する料理の意味だということくらいは知っていた。鶴屋は即席料理を食べさせる店のようだ。

暖簾《のれん》をくぐり、土間から板敷にあがると、すぐに階段がある。

ふたりは二階の座敷にあがった。

障子をあけ放った窓からは、屋根舟や猪牙舟《ちょきぶね》がひっきりなしに山谷堀に出入りするのが見て取れた。

茶と煙草盆を持って現れた女中に、草虫がまず酒を頼んだあと、尋ねた。

「今日できるものは、何だね」

「へい、こちらでございます」

女中が品書きを渡す。

草虫は品書きをながめながら、伊佐木《いさき》の付け焼きや鯖《せいご》の塩焼き、筍《たけのこ》と蕗《ふき》と烏賊《いか》の煮物、独活《うど》の吸物などを次々と注文する。

妓楼の楼主だっただけに、宴席に出るような料理にはくわしいようだ。重行はすべて草虫に任せ、口出しはしない。それにしても、伊佐木の付け焼きや鯑の塩焼きなど、重行はこれまで食べた記憶がなかった。

注文を終えたあと、草虫がさりげなく言った。

「ここの払いは気にしないでください。清左衛門さんから、『おふたりで一杯やってください』と、それなりの額を渡されていましてね」

「ああ、そうでしたか」

おかげで、料理屋で食事ができるわけである。

(隠居以来、どんどん贅沢《ぜいたく》になっている気がするな)

重行はちょっと、成島家の家族に申し訳ない気がした。成島家の食事は相変わらず質素なはずである。

まず盃《さかずき》の酒を呑《の》み干したあと、草虫が言った。

「清左衛門さんは女房を亡くし、独り身でした。唐歌は後妻に迎えられることになります」

「ああ、それでわかりました」

重行は、清左衛門の三十代なかばの年齢に、ようやく納得がいった。ふたりの年齢差に、唐歌はてっきり妾になると思っていたのだ。

後妻とはいえ、唐歌は商人の妻に迎えられたことになる。

「あたしが楼主のあいだ、身請けされた花魁《おいらん》は何人かいますが、すべて妾でした。唐歌が商人の女房になることが、あたしは何よりうれしいのですよ」

草虫がしみじみと言った。

重行も盃を重ねながら、問う。

「年季が明けた遊女と、年季中に身請けされる遊女がいるわけですが、やはり妾になる者が多いのですか」

「男と所帯を持つ者はけっこういます。ただし、露骨な言い方を許してもらえれば、いくら好き合った仲でも、裏長屋に住む貧乏人の女房になっては、まずうまくいきませんな」

「ほう、なぜですか」

「遊女は男を悦《よろこ》ばす閨房《けいぼう》の技にはたけていても、家事がまったくできませんからな。

とくに十歳前後で売られてきて、妓楼で禿《かむろ》として育てられた女は、炊事・洗濯・裁縫などの家事がまったくできません。そもそも、経験がないのですから。

家事ができなくては、裏長屋に住む商人や職人の女房になっても生活が成り立ちません。

ところが、富裕な男の女房、あるいは妾になれば、家には女中や下女、下男がいますから、家事はすべてやってくれます。それであれば、遊女上がりでもやっていけるわけです」

「なるほど。唐歌の場合はどうでしょうか」

「唐歌も炊事・洗濯・裁縫はまったくやったことがありません。

たとえば、遊女は着物がちょいとほころびても、妓楼には『お針』と呼ばれる奉公人がいますから、お針に頼んで縫ってもらうくらいです。要するに、針と糸を手にしたこともないのです。

しかし、唐歌が嫁ぐ山本屋はかなりの大店《おおだな》ですから、多数の奉公人がいるはず。唐歌は家事はまったくしないですむでしょうね。

それに、あたしは、唐歌は山本屋のおかみさんとして、うまくやっていける気がしているのです」

「ほう、それはなぜですか」

「なにより利発な女ですが、岡本屋ではお職でした。唐歌はお職として、多くの遊女や禿を率いていましたが、あたしはそれとなく見ていて、その人使いのうまさにはしばしば感心したものでした。あの天性の人使いのうまさは、きっと山本屋でも生かされ、多くの奉公人を上手に使い、また、慕われるでしょうね」

述懐を聞きながら重行は、草虫は唐歌に特別な思いがあったのを感じた。

吉原の花魁のなかでも、唐歌は傑出した存在だったのかもしれない。

そんな女に、重行はわずかではあったが、触れ合うことができたといえよう。重行の方こそ、一生忘れない体験ができたのかもしれない。

ややあって、重行は気になっていたことを思い出した。

この際、話題にする。

「ぶしつけながら、草虫さんのお内儀はどうしているのですか」

「ああ、女房ですか。いまも岡本屋に住んでいます。吉原から出る気は毛頭ないようでしてね。妓楼の暮らしが全身に染みついているといいましょうか。常々、『吉原で死にたい』と言っていますよ。

ところで、おまえさんのお内儀は」

「わしが隠居する前に死にました。さほど苦労をかけたとは思いませんが、たいして面白いこともなかったでしょうな。とくに波風がなかったというだけです。平凡な夫婦生活でした。さきほど、唐歌と連れ立って仲之町を歩きましたが、考えてみると、女房と一緒に屋敷の外を歩いたことは一度もないですな」

重行はしゃべりながら、若い日を思い出す。

双方の父親同士がきめた結婚だった。

そんな婚礼に、重行はとくに不満も疑問もなかった。妻も同様だったであろう。

いちおう顔は知っていたが、祝言をあげるまで、ふたりきりで話をしたこともなかった。しかし、武家社会ではごく普通の結婚だった。

重行は妻を思い出し、鼻の奥が熱くなった。

あわてて、盃に手をのばす。

草虫がクスリと笑った。

「え、どうかしましたか」

重行が驚いて言った。

「いえね、ふと、俳句を思い出したものですから」

「ほう、どんな俳句ですか」

「其角に、

京町のねこ通ひけり揚屋町

という句があるのです。

岡本屋は京町一丁目ですし、今日、唐歌がひそんでいたのは揚屋町ですからね。其角がまさに今日のことを予言していたような気がして、おかしくなったのですよ」

「しかし、わしには俳句の意味がピンとこないのですが」

「この俳句は、猫の恋と読み取ることもできるでしょうな。つまり、京町の雄猫が、揚屋町の雌猫のもとに通っていく情景です」

「それなら、理解できます。ほほえましい光景ですな」

「しかし、吉原の歴史を踏まえると、別の意味になります。ちょいと長くなりますが、よろしいですか」

「はい、拝聴しますぞ」

な。

「吉原は宝暦期《ほうれき》（一七五一～六四）に、太夫《たゆう》と揚屋《あげや》という制度を廃止し、現在のような仕組みになったのです。天保の世の今からすると、およそ八十年前のことです

太夫は宝暦期以前の、最高位の遊女です。

また、揚屋とは宝暦期以前にあった遊興の場所です。

当時、太夫や格子《こうし》などと呼ばれる上級遊女を買う客は、妓楼には上がらず、揚屋に上がったのです。そして、妓楼から遊女を揚屋に呼び出すという仕組みでした。

つまり、酒宴をもうけるのも、遊女と床入りするのも揚屋です。妓楼はあくまで遊女の生活の場で、客と遊女の遊興の場は揚屋だったのです。

そのため、当時は揚屋の方が、妓楼よりもはるかに造りも外見も豪壮だったと聞いております。

宝暦期以前、この揚屋が軒を並べていた場所こそ、揚屋町なのです。いまは揚屋がなくなり、商家や裏長屋がひしめいていますがね。

其角が生きた時代には太夫がいて、揚屋もありました。

元禄《げんろく》（一六八八～一七〇四）の頃、京町の三浦屋《みうらや》に薄雲《うすぐも》という太夫がいて、大の猫好きだったそうです。薄雲は客に呼ばれて揚屋に向かう時、猫を禿《かむろ》に抱かせて連

れていったとか。

つまり、京町の妓楼の太夫が猫と共に、揚屋町の揚屋で待つ客のもとに向かう光景なのです。大勢の下級遊女や禿、若い者などを供に従え、さぞあでやかな行列だったでしょうな。その中に、猫もいたわけです。

其角が詠んだのは、そんな遊女の道行だったと思われます」

「なるほど、華やかな句ですな」

重行は草虫の解説に感服した。

その後も、草虫は吉原の裏話を続ける。

ふたりがようやく腰をあげ、屋根舟に乗り込んだときには、すでに日が暮れていた。

屋根舟は船首に提灯《ちょうちん》をさげ、隅田川を下っていく。

第四章　腎《じん》虚《きょ》

（一）

行灯《あんどん》の灯《あか》りで手早く朝飯をすませると、成島重行は明六ツ（午前六時頃）の鐘が鳴る前に長屋を出立した。足元は草鞋《わらじ》で、頭には菅笠《すげがさ》をかぶっていた。

目指すは、水戸街道《みとかいどう》の最初の宿場の新宿《にいじゅく》（東京都葛飾区《かつしか》）である。新宿にしたのは、読みが「しんじゅく」ではなく「にいじゅく」と、やや臍曲《へそま》がりなのが気に入ったのだ。紀行文を書くにしても、本流ではなく傍流にしたいという気持ちもあった。

というのは、『江戸名所図会《えどめいしょずえ》』七巻二十冊は、天保五年から七年にかけて刊行され、大きな評判になっていた。

江戸および近郊の絵入り地誌で、斎藤幸雄《さいとうゆきお》・幸孝《ゆきたか》・幸成《ゆきなり》（月岑《げっしん》）の三代で完成させた大著である。絵は、長谷川雪旦《はせがわせったん》が描いていた。

重行としては、『江戸名所図会』に紹介されているような名所について、いまさら紀行文を書く気はしなかった。とはいえ、『江戸名所図会』にも新宿の渡しの絵があり、説明文には、

新宿渡口《わたしば》　松戸《まつど》街道にして、川よりこなたは亀有《かめあり》といへり。このところを流るるは中川《なかがわ》にして鯉《こい》魚を産す。もっとも美味なり。

とあった。

松戸街道は水戸街道のことである。新宿と亀有（葛飾区）とのあいだに中川が流れ、渡し舟があった。

（う～ん、先を越されていたか）

重行はやや無念だったが、『江戸名所図会』の新宿についての説明はいたって簡略だったため、新宿を歩いてみることにしたのである。それに、『江戸名所図会』が取り上げた場所をすべて排除していたら、それこそ行くところがなくなってしまう。

まずは、南茅場町を出発し、隅田川をさかのぼるように、ひたすら歩いた。

吾妻橋《あづまばし》を渡って隅田川を越えると、対岸は中之郷《なかのごう》である。そこから隅田川の土手道をややさかのぼると、水戸藩徳川家の広大な下屋敷《しもやしき》があった。

下屋敷の横を流れる掘割の源森川《げんもりがわ》に沿って、しばらく東の方向に歩くと、道のかたわらに道しるべが立っていて、

左新宿　松戸へ弐里

と記されていた。

新宿《にいじゅく》は左方向で、その先の松戸宿《まつどしゅく》（千葉県松戸市）までは二里（約八キロ）という意味である。

道しるべに従い、新宿方向に歩いて行くと、四ツ木村《よつぎむら》（葛飾区）に着いた。

茶屋があったので、重行もさすがに歩き疲れて、店先の床几《しょうぎ》に腰をおろした。酒や飯も出すようだったが、とりあえず茶と団子を頼んだ。

床几に腰かけて見渡すと、北東の方向にぽつんと山が見える。

「あの山は何という山だね」

「筑波山《つくばさん》でございます」

「ほう、あれが筑波山か」

茶屋女の答えに重行はうなずいた。

四《よっ》ツ木通用水《ぎどおりようすい》と呼ばれる用水路があり、茶屋の前に舟の乗り場がある。四ツ木村から亀有まで、四ツ木通用水に浮かべた小舟を綱で、二十八丁（約三キロ）にわたって引いて行くのだ。四ツ木の引舟《ひきふね》と呼ばれて有名であり、重行も聞いたことはあったが、実際に見るのは初めてだった。

「船賃はいくらだね」

「ひとり二十四文でございます」

茶屋女に料金をたしかめたあと、重行は舟に乗り込んだ。ほかに三人が乗り込んだが、みな水戸に行くようだった。

舟の舳先《へさき》のやや後ろに棒が立てられていた。この棒に結び付けた綱を、岸辺の男が引っ張るのだ。綱に引かれ、舟はすべるように進んでいく。

舟からの眺望に、重行はホ～ウとため息をついた。田畑が果てしなく広がり、所々に森がある。

（空が広いな）

重行の率直な感想だった。

多くの舟が航行していて、しばしば同じように綱に引かれた舟とすれ違う。綱を引いているのは屈強そうな男だが、中には女もいた。

「ほう、女が綱を引いていますな」

重行が驚いて言った。

乗り合わせた、商人らしき男が声をかけて来た。

「ご隠居は、引舟は初めてですか」

「はい、さようです」

「あたしは商用で水戸に行くものですから、よく利用していますがね。舟を引いているのは近在の百姓です。いい手間賃稼ぎになるようですよ。百姓の中には、腕っぷしの強い女もいますからね。

百姓の男は米俵を一俵、持ち上げて一人前と言われているようです。ところが、一俵を持ちあげる女もいるそうですからね。綱を引いているのは、そんな米俵を持ち上げる女でしょう」

乗客同士、雑談をしているうちに舟が着いた。

船着き場にはやはり茶屋がある。茶屋で新宿の渡し場への道を教えてもらい、しばらく行くと、やがて渡し場に着いた。

中川の川幅はさほど広くなく、流れもおだやかそうだった。

渡し舟は無料だという。舟に乗って渡った対岸が新宿《にいじゅく》である。

宿場としては小さい。それでも、中川にほど近い場所に一膳飯屋が三軒あった。そのなかでも、中川屋と書いた暖簾《のれん》をかかげている店が小ぎれいだったので、重行は入ってみた。

「昼飯を食いたいのだが、なにか魚はあるかね」

「あいにく、ここ二、三日、不漁でして、魚はありません」

店の主人が申し訳なさそうに言う。

やむなく、重行は野菜と油揚の煮付けなどで飯を食べた。下女のお亀が作る昼飯と変わらない。鯉濃《こいこく》など、日ごろ口にしない魚料理を期待していただけに、重行は落胆を味わった。

代金を払って店を出ようとする重行に、主人が言った。

「秋になったら、またぜひ、お越しください。すぐそこの中川で獲《と》れた鱸《すずき》や鯉などをお出しできます」

その後、新宿をぶらぶら歩いたが、すぐに宿場のはずれに出てしまった。

中川屋の主人の話によると、新宿からは半田《はんだ》稲荷《いなり》や帝釈天《たいしゃくてん》も近いという。足をのばそうかどうか、重行もしばし迷った。

だが、考えてみると、今日中に南茅場町まで帰らねばならないのだ。急に自信がなくなってくる。けっきょく、重行はこのまま引き返すことにした。

(う～ん、これではとうてい健脚とは言えぬな。同心のころ、座りっぱなしだったからだろうか)

重行としてはちょっと情けない。

だが、隠居後、取り返していると考えればよいのではなかろうか。そう考え、自分を慰める。

(うむ、徐々に距離をのばしていけばよいのだ)

重行は来たときとは逆の行程で、帰途に就いた。

(二)

日が暮れる前に成島重行が長屋に戻ってくると、隣のお幸・お恵の家が何となく、あわただしい。

重行が土間に足を踏み入れながら、

「おい、隣は、何かあったのか」

と、下女のお亀に声をかけた。

お亀が台所仕事の手を休め、答えようとする前に、早くも大家の三郎兵衛が顔を出した。重行が帰宅した気配を察したようである。

「いま、お戻りですか。あたしは、さきほどから隣にいたのですがね。ご隠居、ちょいと、隣にお願いしますぞ」

「どうしたのです」

「ま、ま、くわしく話しますから」

三郎兵衛は腕を取らんばかりにして、重行を隣に引っ張っていく。

土間を見て、すぐに異様さがわかった。土間は履物《はきもの》で、足の踏み場もないほどだったのだ。

先に上がった三郎兵衛が上がり框《がまち》に立ち、うながす。

「ご隠居も上がってくださいな」

重行は自分の足元を見て、

「いや、素足に草鞋《わらじ》履きですからな。このまま畳に上がるわけにはいきませぬ」

と、ためらう。

部屋にいた母親のお幸が、

「あいにく、すすぎの湯はありませんでね。雑巾《ぞうきん》でよろしいですか」

と、瓶《かめ》の水を柄杓《ひしやく》で小桶《こおけ》に移した。

そして、小桶の水で雑巾を湿らせ、絞ったあと重行に渡す。

雑巾を受け取った重行は草鞋を脱ぎ、丁寧に素足をぬぐった。

「二階にお願いします」

三郎兵衛が階段に足をかけながら言う。

やむなく、重行も三郎兵衛に続いて階段をあがった。

二階の部屋には、娘のお恵と、医師の竹田玄朴が座っていた。ふたりの間に布団があり、その上に長襦袢《ながじゆばん》姿の男が仰向けに横たわっている。

男が死んでいるらしいことはすぐにわかった。顔色に生気がないし、第一、寝姿がだらしない。

「隣の重行さんに来ていただきました」

三郎兵衛が言う。

玄朴が重行を見て目礼した。お恵は挨拶もせず、不貞腐《ふてくさ》れたようにそっぽを向いている。

「どういうことですかな。わしは、さっぱりわからぬのですが」

重行がやや困惑をこめて言った。

三郎兵衛が説明する。

「お恵に通ってきていた、宮脇典膳《みやわきてんぜん》という旦那が突然、死んでしまいましてね。母親のお幸が泡を食ってあたしに知らせにきました。取る物も取り敢《あ》えず、あたしが駆けつけたわけです。あたしが見ても、死んでいるのは間違いありません。

しかし、念のため玄朴先生に往診をお願いし、診ていただいたところでした。そこに、重行さんが帰ってきたわけです」

事の経緯はわかる。

だが、重行としてはなぜ自分が呼ばれたのかがわからなかった。

「私が呼ばれてきたとき、すでに脈はなく、亡くなっておりました。私は医者ですからな、病人や怪我人を診察し、治療するのが仕事です。死人の相手をするのは坊主の仕事であり、私の領分ではありませんぞ」

玄朴が淡々と言った。

その表情からは皮肉なのか冗談なのか、判然としない。

三郎兵衛が上体を乗り出すようにして、力説する。

「先生、死んでいるのはたしかだとしてもですよ、肝心なのは病死か、それとも変死かなのです。変死だとすれば自身番に届け、町奉行所のお役人の検使を受けねばなりませんからね」

ここに至り、重行もようやく大家の苦境がわかった。

役人の検使を受けるとなると、その対応は大変である。三郎兵衛としては病死と宣言してほしいのであろう。

「ご隠居は、元はお奉行所のお役人ですな。玄朴先生と一緒に、死因を調べてくださいな」

要するに、元同心の経験を生かして、検死をしてくれということである。

だが、買い被《かぶ》りだった。重行は検死などしたことがなかった。

重行が黙っているのを遠慮と見たのか、玄朴が言った。

「大家さんの立場もあることですから、ご隠居、一緒に死体を検分しましょうか」

「ううむ、そうですな。わしは医術の心得は皆無ですから、役に立つかどうかはわかりませんが」

同心のころ、検死も重行がやってみたいことのひとつだった。

そのため、成島家にあった『無冤録述《むえんろくじゅつ》』は熟読し、大部分は暗記しているほどである。ただし、その知識を生かす機会は一度もなかった。

『無冤録述』は、およそ七十年前の明和五年（一七六八）、わが国で刊行された書物で、町奉行所の役人の検死の手引書である。

しかし、その内容は、中国の南宋《なんそう》末に刊行された検死の手引書『洗冤録《せんえんろく》』の引き写しだった。つまり、『無冤録述』の知見は、およそ六百年前の中国の医学知識であり、迷信や誤解も多かった。

「では、検分していきますかな」

玄朴が重行をうながした。

重行は改めて、宮脇の顔をまじまじと見る。

口元は苦悶《くもん》にゆがんでおり、目は恐ろしいものを見たかのようである。その表情からすると、変死と思えなくもない。

ふたりで長襦袢をめくり、全身を検分したが、とくに出血はないし、打撲の跡もなかった。ただし、裾《すそ》をめくったとき、重行はちょっと驚いた。

ふんどしをしていなかったのである。陰茎は縮み、ほとんど陰毛に隠れそうだった。

（房事の途中、あるいは房事の直後の死だな）

かろうじて、お恵が長襦袢の裾をととのえたのであろう。

重行が玄朴を見ると、無表情をたもっていたが、同じことを考えているようだった。

懸命に『無冤録述』の記述を思い出す。

屍《しかばね》を改むる時、死人の脳後《のうご》、髪の内などもとくと見るべし、鉄の針を火に焼《やい》て血の出ぬようにして打こんであることもあるなり。又目の瞳《ひとみ》、口の内、歯舌《しぜつ》など鼻の内なども、よく心を付け、かわりたることを無きかを見るべし。大小便の二所も念入れて見るべし、何ぞ打ち込んであることもあるなり。

重行は宮脇の髪の毛を指でかき分け、頭部を検分した。

「ほう、入念ですな。何か気が付きましたか」

玄朴が言ったが、とくに皮肉な響きはない。町奉行所の役人流の検死に、むしろ感心しているようだ。

「いえ、とくに変わった点はありません」

「そうですか、外傷は見当たらないので、いわゆる頓死《とんし》でしょうな。ご隠居はどう思いますか」

「わしも、異存はありません」

横から三郎兵衛が口を出す。

「死因は腎虚《じんきょ》でしょうか」

「腎虚は房事過多による衰弱ですが、腎虚が直接死につながるとは考えられませんな」

玄朴が苦笑しながら言う。

三郎兵衛は大家だけに、宮脇がお恵のもとに足しげく通っているのを知っていたようだ。それで、腎虚を想像したのであろう。

そばで、お恵が顔をしかめていた。

またもや、重行は『無冤録述』の記述を思い出す。

凡《およ》そ屍を検するには先《ま》づ、其《その》血肉親族其《その》外の近隣の者を集め、委《くわ》しく其《そ》の様子を問ひ、其云《い》ひ分の通りにありそうな者かとくと見合すべし。

「宮脇どのが亡くなった時の様子はどうなのか」

重行が質問した。

相変わらず、お恵は不貞腐《ふてくさ》れた顔をしていた。

「終わってから、ふんどしを締めようとしていたんですよ。すると、急に、

『く、苦しい』

と、胸に手を当て、もがくというか、かきむしるというか。とにかく、すごい形相になっていて、あたしはびっくりするというより、怖かったですね。

そして、バタンと倒れてしまいまして。あたしは声をかけたんですが、返事がなくて。それで、おっ母《か》さんに頼んで、大家さんを呼んでもらったのです」

聞き終えて、玄朴が言った。

「心臓が突然止まることによる頓死ですな。房事のあと、男がしばらくして頓死するのは珍しくありませんでね。

よほど苦しかったのでしょうね。その苦痛が死相にありありと残っております」

「先生、それでは、やはり腎虚ではないのですか」

三郎兵衛が食い下がる。

玄朴が嚙《か》んで含めるように言った。

「腎虚が遠因になったと考えることもできるでしょうが、直接の死因は心臓が突然止まったことですね。ですから、お役人の検使を求めるまでもないでしょう」

「そうですな」

重行は同意する。

同時に、玄朴はまだ若いながら、医者としての見識はなかなかのものだと、感銘を受けた。藪医者《やぶいしゃ》の藪田というのは、竹田にからめた冗談にすぎまい。

「では、私はこれで失礼しますぞ。患者を待たせているものですから」

玄朴が薬箱をさげ、立ち上がった。

「お忙しいところ、ありがとう存じました」

三郎兵衛がぺこりと頭を下げた。

（三）

竹田玄朴が去ったあと、三郎兵衛は気が抜けたかのようにぼんやりしている。まるで放心状態のようだった。

「では、わしも帰りますぞ」

成島重行が立ち上がろうとした。

三郎兵衛は突然、我に返ったのか、急にあわてだした。

「ちょ、ちょいと、ご隠居、待ってくださいな。あたしを、ひとりにしないでくださいよ」

「どうしたのですか」

「この宮脇典膳さまの遺体は、どうしたらよいでしょうか」

「わしに相談されても困るのですが、そうですな……、自身番に届ける必要はないわけですから、宮脇どのの屋敷に知らせて、遺体を引き取ってもらうべきでしょうな」

「なるほど、そうですな。

おい、お恵、宮脇さまのお屋敷はどこだ」

「知りません」

お恵はポカンとした顔をしている。

「え、知らぬのか。だいたい、どのあたりとか、それくらいは知っているだろうよ」

「いえ、何も知りません。そういう話はしませんでしたから」

「おい、迂闊《うかつ》にもほどがあるぞ」

大家に叱られ、お恵は泣きべそをかいている。

事態の重大さが、おぼろげながらもわかってきたようだ。

三郎兵衛の顔はこわばっていた。

「それでは、おい、この遺体はどうするんだ。冗談ではないぞ。困ったな。誰が葬式を出すんだ。

ご隠居、どうしたらよいでしょうね」

「う〜ん、とりあえず、宮脇どのの持物を調べてみてはどうでしょうか。身元がわかるかもしれませんぞ」

そう言いながら、重行はあたりを見まわす。

いつしか、暗くなっていた。

「そうですな。そうしましょう」

「しかし、明かりが必要ですぞ」

重行に指摘され、三郎兵衛は立ち上がって階段のそばまで行くと、下に向かって叫んだ。

「おい、お幸、行灯《あんどん》を持って、二階に来てくれ」

お幸が行灯を持参した。

三郎兵衛がさっそく問う。

「宮脇典膳さまのお屋敷を、お恵は知らないようだ。おめえ、知っているか」

「知りません。娘が知らないものを、あたしが知っているはずはありませんよ」

「まったく呑気《のんき》というか、薄ぼんやりした母娘《おやこ》だな」

「金さえ払ってもらえれば、お屋敷なんてどうでもよかったのですよ」

お幸が言い返した。

重行は二階の部屋で何度か聞いた、お恵の喜悦の声を思い出しながら言う。

「宮脇どのは昼間来ていたようだな」

諸藩の勤番武士ではあるまいかという気がした。

藩主の参勤交代に従って江戸に出てきた勤番武士は、およそ一年間、藩邸内の長屋に住む。たいていの勤番武士はほとんど仕事らしい仕事はないため、遊び暮らしていた。しかし、金もないため、ぶらぶら江戸見物をするのがせいぜいだった。

そんななか、宮脇はわりと金銭的な余裕があったのであろう。妾《めかけ》がいたくらいである。

ただし、大名屋敷は門限がきびしく、暮六ッ（午後六時頃）には表門が閉じられる。そのため、宮脇がお恵のもとに来るのは昼間に限られていたと考えれば、辻褄《つじつま》が合う。

「昼間来るのはいいのですがね、毎日のように来るのにはあきれましたよ。二カ月の約束だったのですが、とにかくほとんど毎日来るのですからね。金を払った以上、しなきゃ損だ、と思っていたのじゃないでしょうか」

お幸が憎々し気に言った。

三郎兵衛がここぞとばかりに、

「やはり腎虚だぞ」

と、自説を述べる。

まだ腎虚説にこだわっていた。

お恵が即座に反論した。

「とんでもない、あたしの方が腎虚になりそうでしたよ」

「おい、女は腎虚とは言わない。腎虚になるのは男だ」

「でも、毎日のように、しかもそのたびに何度もされたら堪《たま》りませんよ。あのまま二カ月も続いていたら、あたしの方が弱って、死んでいましたよ」

「しかし、おめえのよがり声は近所で有名だったぞ。おめえも楽しんでいたんだろうよ」

「あんなの、男を悦《よろこ》ばせ、早く終わらせるための芝居に決まっているでしょうが。旦那を相手に毎回、本気になっていたら、体が続きませんよ」

お恵が吐き捨てるように言う。

三郎兵衛は毒気を抜かれた顔になっていた。

重行はそばで聞きながら、母娘の言い分はなかなか面白いと思った。

しかし、いつしか話題が別の方向にそれている。このあたりで軌道を戻さねばならない。

「それはそうと、宮脇どのの持物を調べるのではないのですか」

「あっ、そうでした。肝心のことがそっちのけになっていました。

おい、宮脇さまの着物はどこにあるのだ」

「そこに、掛けてあります」

お恵が、部屋の隅に置かれた衝立《ついたて》を示した。

衝立に、着物、羽織、袴、そして帯がかかっていた。大小の刀と黒足袋、それに煙草入れや紙入れなどは衝立の足元にひとまとめにして置かれていた。

四人がかりで一点、一点、注意深く点検していく。

しかし、身元につながるような品物は何もなかった。また、煙草入れなども、いかにも安物だった。

重行は勤番武士という見方を強くしたが、証拠がないため、口にはしない。

「持っていた金は、南鐐二朱銀《なんりょうにしゅぎん》ひと粒と、銭が四十三文でしたな」

三郎兵衛は憮然《ぶぜん》としている。

お幸が泣きそうな顔で言った。

「大家さん、これからどうすればいいのですか」

「そうよな、身元がわからないとなれば、おめえら母娘が遺体を寺送りし、弔《とむら》ってやるしかあるまいよ。宮脇さまが持っていた金は、費用として使ってもよかろう」

「そんな無茶な。二朱と四十三文では、早桶《はやおけ》で寺に送ることもできませんよ」

「無茶ではない。おめえの娘の旦那だったのだぞ。縁がないわけではない。そもそも、娘に妾稼業をさせるから、こんなことになるのだ」

「そんな言い方は、あんまりですよ」

ついに、お幸が泣き出した。

じっとやりとりを聞いていた重行が、ここで口をはさんだ。

「ちと、よろしいですかな。お恵どのは、どういういきさつで、宮脇どのの妾になったのですか」

「芳町《よしちょう》の口入屋《くちいれや》で引き合わされたのです。お武家は初めてだったのですが、にこやかそうだったので、まあ、いいかなと。あんなにしつこい、けちな男だとは、夢にも思いませんでした」

「ふうむ、わしも口入屋は知っておるが……」

重行は話についていけない。

三郎兵衛が得々と説明する。

「口入屋は、お武家屋敷や商家の奉公人を斡旋《あっせん》するのが商売ですがね。芳町には、妾を斡旋する口入屋がございます。

妾を持ちたい男は、自分が払える金額や期間、女の好みなどを述べて、登録しておくのですよ。

いっぽう、妾になりたい女も自分の希望を述べて登録しておくわけですな。

口入屋は両者の要望を照らし合わせ、これぞと思う組み合わせを見つけ、引き合わせるわけです。おたがい、相手を見て了解すれば、証文を取り交わして、旦那と妾の関係が成り立つわけです」

料金と期間について、きちんと契約書を取り交わしていたのである。妾は、女の職業のひとつだった。

重行は口入屋が妾の斡旋もしていることに驚いたが、それならきちんと書類が残っているはずだと気づいた。

「ふうむ、となれば、その口入屋に尋ねてみるのがよいのではないか。おそらく、宮脇典膳どのの身元は記録されているはずだ」

三郎兵衛がポンと膝《ひざ》を打った。

「さすが、ご隠居。そう、口入屋で調べればよいのですよ。

しかし、もう暗くなっていますからな。口入屋も閉じたでしょう。

そうだ、明日、おめえ、その口入屋に行ってこい」

だが、命じられたお恵は渋る。

「あたしひとりで行っても、どう言えばいいのか……。あたしは口下手ですからね。

大家さん、一緒に来てくださいよ」

「馬鹿、俺がなぜ一緒に行かねばならんのだ」

「大家さん、一緒に行ってやってくださいよ。娘はろくすっぽ字も読めないのですから、いざというとき、大家さんがいないと、どうにもなりませんから」

そばから、お幸が懇願する。

母娘《おやこ》からせがまれ、しかめっ面をしながらも三郎兵衛が言った。

「ふ〜む、仕方がないな。では、一緒に行ってやるが、早く出発するぞ。寝坊するなよ。まったく、世話の焼ける女たちだ」

威張って叱り飛ばしているが、いざとなれば面倒見はいいようだ。重行はちょっと三郎兵衛を見直した。

「へい、お願いします」

お恵が殊勝な返事をした。

重行と三郎兵衛が立ち上がる気配を見せる。

あわてて、お幸が言った。

「大家さん、死体はどうしましょう」

「どうしましょうって、今夜はここに置いておくしかないじゃないか」

「家の中に死体があるのはいやですよ。しかも、夜ですからね。気味が悪いですよ。長屋のゴミ捨て場の横あたりに運んでもらえませんかね」

「おい、何を言っているんだ。あんな場所に死体を放り出していたら、夜中に小便に行く人が見つけて、びっくり仰天し、それこそ小便をちびってしまう。長屋中、大騒動になるぞ」

三郎兵衛は顔を真っ赤にして怒っている。

そばで聞きながら重行は噴き出しそうになったが、話題が話題だけに、歯を喰《く》いしばって笑いをこらえた。

お幸とお恵はなおも言いつのる。

「でもねえ、身内ならともかく、他人の死体ですからね」

「添い寝しろとは言ってない。おめえらふたりは下で寝ればいいじゃないか。ひと晩くらい、我慢しろ」

そう言い渡すと、三郎兵衛が立ち上がる。

続いて、重行も立ち上がった。

(夕飯がおそくなったな。さぞ、お亀がやきもきしているであろう)

連れ立って路地に出ながら、重行はふと思い出した。

町奉行所の内役で、多くの書類を読んでいたからこそ知っていたと言ってもよい。

諸藩は、藩士が江戸で不祥事を引き起こすのを非常に恐れていた。もし不祥事を起こした場合は、極力隠蔽《いんぺい》しようとした。

そのため、藩士が町家の妾の家で死んだと知れば、「そんな者は、我が家中にはいない。何かの間違いじゃ」と言って門前払いにし、遺体の引き取りを拒む可能性があった。そうなると、お幸・お恵母娘の責任で遺体を寺に送り、無縁仏として葬るしかない。

「ちと、お待ちください」

重行が立ち止まる。

三郎兵衛も足を止めた。

「どうしましたか」

「明日、口入屋で宮脇典膳どのの身元がわかったら、どうするつもりですか」

「そりゃあ、できるだけ早く死体を引き取ってもらいたいですからね。その足でお屋敷を訪ねます。お恵がひとりで行っても、女では相手にされないでしょうから、あたしも一緒に行くしかないでしょうね」

「うむ、それがいいですな。しかし、間違っても『腎虚で死んだ』や、『口入屋で聞いた』などは言ってはなりませんぞ」

「へ、なぜです」

三郎兵衛はきょとんとした顔になった。

重行が噛《か》んで含めるように説明する。

「宮脇どのが道で苦しがっていたので、お幸・お恵の母娘が家に連れて行って、医者にも診《み》せてやった。ところが、宮脇どのは自分の姓名や屋敷を告げたあと、あえなく亡くなったと、述べたほうがよいでしょうな。

大名屋敷は藩士が江戸で不祥事を起こすと、そんな者は知らぬ存ぜぬと言い張りかねないのです」

「へえ、へえ、そういうものですか。お武家屋敷のことはご隠居がくわしいでしょうから、へい、では、そう言いましょう」

「できれば、美談があったほうがいいのですがね」

「どういうことですか」

「そうすれば、先方も遺体を引き取りやすくなりますから」

「そういうものですか。へい、では、できるだけ、そうしましょう。

ああ、腹が減った」

三郎兵衛が帰っていく。

空腹なのは、重行も同感だった。

（四）

成島重行が目を覚ましたとき、すでに陽が高くなっていた。

昨日は新宿《にいじゅく》まで歩き、帰ってからはすぐに隣に呼ばれ、さすがに疲れたからであろう。寝床から出てからも、なんとなく全身が重い。

（老いとは、こういうことなのかな）

ちょっと、しんみりした気分になる。

いつもよりおそい朝食を終え、

（さて、記憶が新しいうちに、『新宿に遊ぶ記』を書こうかな）

と、二階に向かおうとしたところに、入口に人が立った。

「俵屋の者でございます」

見ると、長屋で大家の三郎兵衛が額を斬られる刃傷《にんじょう》騒ぎが起きたとき、やって来た新右衛門の供をしていた奉公人だった。

「おう、そなたか」

「へい、手代の富吉でございます、ええ……あのぉ」

名乗ったあと、口ごもっている。

重行がうながした。

「何だ、用があるなら、遠慮なく言うがよい」

「へい、あたしどもに、お俊《しゅん》さまというお嬢さんがいるのですがね」

「新右衛門さんの娘御《むすめご》か」

「へい、旦那さまの末娘でして、今年十五歳です。とんでもないお転婆娘と言いましょうか、いえ、活発なお嬢さまでして、へい」

富吉はうっかり口をすべらせたのか、途中からしどろもどろになった。汗をかきながら、言葉を続ける。

「お俊さまが、ご隠居の鎖を用いる妙技を伝え聞いたようで、ぜひ、実地に見せてほしいと、こう、おっしゃっていましてね」

「人に見せる芸ではないぞ。それに、新右衛門さんの了解もなく、勝手なことをするわけにはいくまい」

「旦那さまは了承なすっているのです。旦那さまがおっしゃるには、

『娘のことだから、親の俺が頼みに行くべきなのだろうが、それでは大げさになるからな。それに、俺が行くと、ご隠居も断りにくくなるだろう。てめえ、行ってく

れ』

ということでしてね。つまり、お断りいただいてもけっこうでございます」

最初に断ってもかまわないと言われると、重行はかえって即座に断りにくくなった。煮え切らぬ言い方をする。

「まあ、ともあれ、本人に会ってみないとな」

「本人は、あたしでございます」

お俊がひょっこり顔を出した。

路地にいて、遣《や》り取りに聞き耳を立てていたらしい。

振袖《ふりそで》を着て、素足に駒下《こまげ》駄《た》を履いていた。衣装は普通の商家の娘だが、体は年齢に比して大きかった。

顔には軽い疱瘡《ほうそう》のあとがある。薄あばたなので、白粉《おしろい》を塗れば隠せそうなのだが、化粧っ気はまったくない。

なにより、目が生き生きとしていた。

「ああ、そなたか」

重行はちょっとどぎまぎした。

お俊が土間に足を踏み入れて来た。

「お師匠さんの技は、鎖が竜のようにのびて相手の手にからみつき、虎のように引き倒すと聞きました。あたしは、ぜひ、習いたいのです」

「誰に聞いたのか知らぬが、ちと大げさだぞ。それに、お師匠さんはやめてくれ。わしは、ただの隠居じゃ」

「では、ご隠居さまと呼んでよいですか」

「うむ、まあ、そうだな」

「では、技を見せていただけますよね、ご隠居さま」

いつの間にか、あっさり押し切られていた。

重行が逃げ口上のように言う。

「しかし、狭い家の中では危ないからな」

「では、道場にしましょう。あたしは先に行って、用意しておきます。富吉、ご隠居さまをご案内してね」

「へい、かしこまりました」

「じゃ、お村《むら》、帰るわよ」

お俊がさっさと歩き出す。

あとから、松坂木綿の着物を着た十三、四歳の女の子が従っている。供の女中のようだ。

大店《おおだな》の娘ともなれば、ひとりで外出することはない。お村が、お俊のお付きなのであろう。

「おい、道場とは、何のことだ」

重行に問われ、富吉が頭を下げた。

「歩きながらご説明しますので、ご隠居、お願いしますよ」

やむを得ず、重行は外出の支度をする。

小娘に振り回されていると思うと、やや忌々《いまいま》しいが、好奇心がわいてきたのも事実だった。

＊

歩きながら富吉が言った。

「若旦那《わかだんな》、つまり旦那さまのご長男ですが、一時期、剣術に夢中になっていましてね。鏡新明智流《きょうしんめいちりゅう》の士学館《しがくかん》に入門し、稽古に通っていたほどなのです」

「ほう、新右衛門さんはよく許したな」

「へい、そこが旦那さまのすごいところでして。自由にさせているようでいて、要所では締めております。若旦那もあるとき、ピタリと剣術をやめて、ほかの両替商に奉公に行き、いまは懸命に商売を覚えております」

「なるほど、感心だな」

「若旦那が剣術に熱中していたころです。俵屋には蔵がひとつと、木造の物置があったのですが、蔵がもうひとつ建ち、物置を取り壊そうとしたのです。ところが、若旦那が稽古場《けいこば》にしたいと言い出しまして、大工を入れて、道場に作り替えたのです。

若旦那が道場で竹刀《しない》や木刀をふるってひとり稽古をしているのを見て、お俊さまが自分も剣術の稽古をしたいと言い出しましてね。士学館に出向いて入門を願ったのですが、

『女は駄目だ』

と、あっさり断られました。それは、そうでしょうね。

随分、悔しがっていたようです。その後、若旦那に手ほどきを受けたりしていたようですがね。

しばらくして、若旦那が奉公で俵屋を出ると、お俊さまが道場を自分のものにし

てしまいました。そして、自分で武術を編み出すとか称して、店に来て銭《ぜに》をごっそり笊《ざる》に詰めて持って行ってしまうのです。あれには困りました」

重行は聞きながら、俵屋の両替の部署の情景を思い出した。

大笊に一文銭や波銭が山積みになっていたものだった。銭には事欠かないということであろう。

「銭をどうするのだ」

「あたしはこっそりのぞいたことがあるのですが、あれは銭手裏剣《ぜにしゅりけん》とでもいうのでしょうかね。的《まと》を作って、銭をあてる稽古をしていました。

もちろん、稽古が終わると銭は返してくれるのですが、投げ散らした銭を拾い集めるのは、女中のお村の役目ですからね」

富吉が笑った。

重行はつられて笑いながらも、お村の苦労を想像して、やや同情した。

「ご隠居、裏口から庭に入りますので」

富吉が俵屋の右横にある路地に案内する。

（五）

お俊の姿を見て、成島重行は啞然《あぜん》とした。

続いて、笑い出しそうになったが、すぐに顔を引き締めた。お俊が大真面目なのがわかったこともあるが、なにより、その若々しい魅力に驚嘆したのである。

小袖《こそで》に着替え、袴《はかま》を穿《は》いていた。襷《たすき》をかけて袖をまくり上げ、手ぬぐいで鉢巻をし、道場の中ほどに正座していた。

凜々《りり》しい、若衆《わかしゅ》の美しさといおうか。男色が好きな男には、ふるいつきたくなるような、匂い立つばかりの容姿かもしれない。なにより、潑剌《はつらつ》としている。

「ご隠居さま、よろしくお願いします」

お俊が道場の床に両手を突いた。

道場の隅に遠慮がちに座ったお村も、合わせるようにぺこりと頭を下げる。

板張りの道場は畳六枚くらいの広さだった。板壁に木釘《きくぎ》が打ち込まれ、竹刀や木刀が架けられている。

片隅に、剣術の防具の面、胴、籠手《こて》が置かれていた。兄のものかもしれない。

「では、お村、あとは頼んだよ」

案内してきた富吉があっさり踵《きびす》を返し、さっさと店の方に行く。

まず、主人の新右衛門に経過を報告するのはもちろんだが、お俊のわがままにとても付き合ってはいられない気分のようだった。店の仕事も気になっているのであろう。

「ご隠居さま、まず、あたしの工夫した技を見ていただけますか」

お俊が立ち上がった。

道場の隅に、細長い棚が置かれていた。棚の上に、木の札が十枚ほど、並べて立てられている。

重行は何だか位牌《いはい》を並べているようだなと思った。

お俊が右手を左の袂《たもと》に入れ、銭を取り出したと思うや、ひゅっと木札めがけて投げた。

見事に命中し、コツンと音を立てて木札が倒れた。

次々に銭を投げる。

流れるような動作だった。かなり繰り返し練習したことをうかがわせる。

投げた銭はほとんど命中したが、倒れる木札もあれば、倒れないものもあった。

倒れないものの方が多いくらいである。

「ほう、見事なものだな」

そう言いながら、重行は散らばって落ちている銭を拾った。一文銭と波銭である。

銭を手の平にのせながら、これでは秘武器にはならないなと思った。軽すぎるのだ。

一文銭も波銭も、重さは一匁《もんめ》（四グラム弱）くらいである。

人に投げつけても、着物を着ている箇所に当たればほとんど痛痒《つうよう》を感じないであろう。顔面や手に当たれば、多少は痛いであろうが、さほどの衝撃はあるまい。木札にしても、銭が命中しても倒れない場合があるほどだ。

（まあ、しかし、人に怪我をさせないという点では、遊びとしてはよいのかもしれぬ）

重行は心に思ったが、口にはしない。

「ご隠居さまの技を見せてくださいな」

「そうだな、せっかくここまで来たのだからな」

「お村、木札を並べておくれ」

「へい」

お村が倒れた木札を立ち上がらせていく。

木札が並んだのを見て、重行は両手をだらりと下げたまま、慎重に間合いをはかる。

お俊は重行が徒手空拳《としゅくうけん》なのに、怪訝《けげん》そうだった。

重行は右手の指で帯の間から素早く分銅鎖を引き出すや、ビュンと一閃《いっせん》させた。

分銅が命中した木札は、コトンとその場に倒れるどころか、打撃の勢いを受けて吹っ飛び、背後の壁に当たってガタンと鳴った。

またもや、重行が分銅鎖を一閃させる。

分銅が木札を一周し、鎖がチャリチャリと巻き付いた。

重行がグイと引っ張ると、木札が空中に舞い上がる。落ちてくるところを、重行が左手で受けた。

「まあ、こんなものだ」

「すごい」

お俊の目に驚異と尊敬の光がある。

重行も十五歳の娘に讃嘆《さんたん》され、悪い気分ではなかった。うれしいのはもちろんだが、気持ちまで若やいでくると言おうか。

「それは、何という武器なのですか」

「戸田流の分銅鎖という秘武器じゃ」

「あたしが投げた銭は命中しても、その場に倒れるのがせいぜいでした。ご隠居さまがふるう分銅鎖には、木札が吹っ飛ぶほどの威力があります。やはり、男と女の力の差でしょうか」

お俊が無念そうに言う。

「重さの違いもあると思うぞ。一文銭や波銭は軽すぎる。せめて、天保銭《てんぽうせん》くらいの重さがあればな」

天保銭の重さは五匁（約二十グラム）以上ある。

だが、口にしてしまってから、重行はしまったと思った。

もしこれから、お俊が天保銭を投げ始めると、自分がそそのかしたことになる。

天保銭が顔面に直撃したら、怪我をするのは確実だった。

しゅんとしていたお俊が、気を取り直したように言った。

「刀などを持った相手には、分銅鎖はどう使うのですか」

「口で言うのは難しいな。では、ちょいと演武をやってみようか」

「はい」

たちまち、お俊の顔が輝いた。

それを見て、重行もなんだかうれしくなり、自然と顔がほころびる。

「では、そなたが竹刀で打ち込んでくるのを、分銅鎖でどう受け止めるかをやってみよう。

ただし、防具を付けてくれよ。分銅が顔に当たったりしたら、怪我をするからな」

「はい、かしこまりました」

お俊の返事は元気がいい。

お村に手伝わせて、面、胴、籠手を付ける。

これで、重行も安心して分銅鎖をふるえると思った。しかも、刀を持った相手を実際に想定した稽古は久しぶりである。

兄から手ほどきを受け、お俊は剣術の初歩は習得したようだ。竹刀の持ち方も、振り方も、そして足の運びも、いちおう様になっていた。

そして、お俊が勢いよく竹刀を打ち込んでくるだけに、重行としても真剣にならざるを得ない。

いつしか、白熱の稽古になっていた。

（六）

成島重行が俵屋から長屋に帰ってくると、ちょうど木戸門から駕籠《かご》が出てくるところだった。

ピンときた。

（宮脇典膳の死体だな）

ということは、宮脇の屋敷が判明したに違いない。そして、屋敷から引き取りに来たのだ。

重行は通りに立ち、駕籠を見送る。

羽織袴の武士ひとりと、ふたりの中間《ちゅうげん》が駕籠のそばを歩いていた。

中間の着た看板法被《かんばんはっぴ》の背中には、主家の紋所が染められている。重行は紋を見たが、どの大名家なのか判断はつかなかった。

奉行所にいたころであれば、備え付けの『武鑑《ぶかん》』ですぐに調べられたのだが、いまはどうしようもない。

駕籠をかつぐ人足は、

「ほい、ほう」

などの掛け声も出さず、神妙な顔で黙々と歩いている。

やはり、死体とわかっているからであろう。

駕籠を見送ったあと、重行は木戸門をくぐった。

家に着いてしばらくすると、大家の三郎兵衛が現れた。満面に笑みを浮かべている。

「ご隠居、うまくいきましたぞ」

「ほう、それは、よかったですな。まあ、上がってください」

重行の前に座った三郎兵衛が、うまそうに煙管で一服したあと、語り出した。

「早朝から、お恵と一緒に芳町の口入屋に行き、宮脇典膳さまについて尋ねたのです。

口入屋の主人は源兵衛《げんべえ》といいましてね。

源兵衛さんが、

『なぜ、そんなことをお尋ねですか』

と問い返すものですから、こちらも嘘は言えませんので、

『あたしどもの長屋で、宮脇さまが亡くなり、どこにお知らせしていいのかわから

ず、困っておるのです』

と、正直に説明したのです。

すると、途端に源兵衛さんの態度が冷淡になりましてね。

『さあ、宮脇典膳さまは覚えておりませんな。書類もどこにあるか、わかりませんね』

と、けんもほろろで、まったく調べてくれようとしないのです。

まるで、早く帰ってくれと言わんばかりでしてね。きっと、下手をすると面倒に巻き込まれかねないと、警戒したのでしょうな。お武家がらみは厄介な事態になることが多いですから。

お恵はお恵で、薄ぼんやりしていましてね。こんなときこそ、泣き落としでもすればいいのに、ただ黙っているだけでした。

あたしは、ほとほと困りましたよ。そのとき、ふと思いつきましてね。窮余の一策とはこのことでしょうな」

三郎兵衛はじらすかのように、間を置いた。

重行も興味がつのる。

「ほう、どうしたのですか」

「あたしは、こう言ったのですよ。

『じつは宮脇さまは腎虚で亡くなったのですよ』

すると、たちまち源兵衛さんの目の色が変わりましてね。

『え、宮脇さまは腎虚で亡くなったのですか。それは、それは』

と、揉《も》み手《で》をしながら、今度はお恵に向かい、

『おまえさんが、宮脇さまのお相手をしていたのだよね。ほう、どんな具合だったんだい』

と、涎《よだれ》をたらさんばかりに、色話を聞きたがるのですよ。

しかし、そこから、お恵が真骨頂を発揮しましてね。ほとんど毎日、しかも一度では終わらず、必ず二度求めてきたことや、本手《ほんて》だけでなく、曲取《きょくど》りをしたがったことなどを、なんともいやらしく、しゃべったのです。

源兵衛さんはニヤニヤしながら聞き入っていましたよ。もちろん、あたしも熱心に聞き入りましたがね」

重行は、お恵が口入屋の主人に房事の様子を臆面《おくめん》もなく、あからさまに語ったことに驚いた。しかし、妾稼業をしていると、房事全般について、羞恥心《しゅうちしん》はなくなるのかもしれない。

本手は、性交体位の正常位のことである。曲取りは本手以外の体位のことだが、変態行為の意味もあった。

宮脇とお恵の間では、「一回目は本手で、二回目は曲取りをしよう」などという会話が、ごく日常的に交わされていたのであろう。

三郎兵衛が話を続ける。

「源兵衛さんは事情を知るや、

『そうですか、そうですか、宮脇さまは、おまえさんに腎虚にされたのですか。俗に腎虚になって死ぬなどと言いますが、本当だったのですな。いや、たいしたものですぞ』

と、急にお恵に対して親切になりましてね。

そして、書類の綴《つづ》りを引っ張り出してきて、調べてくれたのです」

「やはり記録はあったのですな」

重行は相槌《あいづち》を打ちながら、口入屋の主人が態度を急変させたのに驚いた。腎虚の実例を知り、人に吹聴《ふいちょう》したかったのかも知れない。

昨日、重行は三郎兵衛に対し、迂闊《うかつ》に『腎虚で死んだ』などは言うなと助言した。ところが、三郎兵衛があえて腎虚に言及したことで、口入屋の態度を好転させたのだ。

重行としてはやや面目を失った形だった。やはり自分は世間知らずなのだなと、恥じ入る気分になる。

三郎兵衛が得意満面で言った。

「腎虚がきっかけになり、すんなりとわかりましたよ。宮脇さまは、伊勢《いせ》桑名《くわな》藩 松平《まつだいら》家の家臣だったのです。源兵衛さんが言うには、

『言葉に上方《かみがた》の訛《なま》りがありましたから、宮脇さまは国元から江戸に出て来た勤番武士でしょうな』

ということでした」

桑名藩松平家と知り、重行の脳裏にもやもやするものがあった。しかし、それが何なのか思い出せない。

「源兵衛さんが言うには、

『お大名屋敷には、お上屋《かみや》敷《しき》、お中屋《なかや》敷《しき》、お下屋敷とありますが、勤番武士はお上屋敷内のお長屋に住んでいます。

ですから、宮脇さまは桑名藩のお上屋敷内に住んでいたはずですぞ』

　ということでしてね。

　そこであたしが、

『桑名藩のお上屋敷の場所はどこでしょうか』

　と尋ねました。

　すると、『武鑑』やら『切絵図』を引っ張り出してきましてね。さすが口入屋ですな、『武鑑』や『切絵図』までそろっているのですから。

　そして、源兵衛さんが見つけてくれましたよ。

『わかりました。桑名藩のお上屋敷は、北八丁堀《きたはっちょうぼり》です』」

　重行は内心、「あっ、そうだった」と叫んだ。

　桑名藩の上屋敷は、与力や同心の屋敷が建ち並ぶ八丁堀にほど近い。重行も近所を歩いているとき、海鼠塀《なまこべい》で囲まれた広壮な敷地を見たことがあったのだ。

「北八丁堀といえば、ここ南茅場町から近いではありませんか」

「そうなんですよ。あたしは思わず、『しめた』と叫びそうでした。

　それに、これで宮脇さまが毎日のようにお恵のところに通ってきた理由もわかった気がしました。もちろん、好き者だったのでしょうが、何より近かったからなのですよ」

「なるほど、そうだったのですな。わしも腑《ふ》に落ちましたぞ。で、それから桑名藩の上屋敷に行ったのですか」

「はい。しかし、その前に茶をもう一杯下さい」

お亀がすぐに茶を取り換える。

ついでに、茶菓子として最中の月を出した。草虫にもらったものである。

三郎兵衛は吉原の銘菓とは知らないのか、無雑作に口の中に放り込んだあと、茶で流し込んでいる。それでも、

「ほう、うまい菓子ですな」

と、感想を述べた。

最中の月を食べ終え、三郎兵衛が話を再開した。

「さて、源兵衛さんに丁重に礼を述べ、口入屋を出ると、お恵と一緒にそのまま北八丁堀の桑名藩のお上屋敷に行きました。ただし、相手はお大名のお屋敷ですからね。あたしも緊張しましたぞ。

しかも、ご隠居から腎虚のことは言ってはならないと釘《くぎ》を刺されていましたからね。また、美談が必要だとも言われていましたからね」

重行は話を聞きながら、ひと安心した。

三郎兵衛も武家屋敷に対しては、重行の助言をちゃんと守ったようである。

「そこで、あたしは、こういう美談をこしらえたのです。

『長屋のお幸・お恵母娘《おやこ》が町でならず者に言いがかりをつけられ、難儀していると
ころを、通りかかった宮脇さまが救ってくれましてね。しかも、長屋までふたりを
送ってくれたのです。ところが、長屋に着いたところで、急に胸が苦しくなったご
様子でした。そこで、ふたりが家にあげ、近所の医者を呼んで手当てをさせたので
すが、あえなくお亡くなりになりました。死の直前、桑名藩のお上屋敷内に住んで
いることと、姓名をかろうじておっしゃったので、こうして、お知らせにまいりま
した』

こう、門番に伝えたところ、しばらくして、中に通るよう言われましてね。

あたしとお恵はおずおず、お屋敷内に入ったのですよ。お恵なんぞは、

『大家さん、もう帰りましょうよ』

と、逃げ出しそうになる始末でしてね。

あたしが叱り付けて、ようよう中に入ったのです。

すると、中村伝之助《なかむらでんのすけ》というお方が面会になりましてね。あたしはまた、中村さま

に美談を申し上げたわけです。

中村さまはいたく感銘を受けた様子でしてね。

『う〜む、さようであったか。昨日、宮脇が屋敷に戻らぬので、われらも案じておったところじゃ。よく、届けてくれた。礼を言うぞ。

これから準備をして、遺体を引き取りに参る。そのほうらは、先に長屋に帰って、用意をしておいてくれ』

と、とんとん拍子に進みましてね」

「ほほう、見事に美談をこしらえましたな。感服しましたぞ。

桑名藩も安心して、宮脇どのの遺体を引き取れるはずです」

「苦し紛れにこしらえたのですがね。あたしは、うまくいったと意気揚々で長屋に帰ってきたのですが、ハタと気づきましてね。

宮脇さまの遺体が二階にあっては、美談が作り話とばれてしまいます。一階におろさなければなりません。しかし、これが難題でしてね。まさか、階段をすべり落とすわけにもいきませんから」

「たしかに、そうですな。お幸どのとお恵どのに手伝ってもらっても、難しいでしょうな」

「そこで、ご隠居の草虫さんと、医者の竹田玄朴先生のところの下男に声をかけて手伝ってもらい、あたしを含む男三人がかりで、ようやく遺体を一階におろしたのです」

「ほう、それは大変でしたな」

重行は三郎兵衛の奮闘に感心した。

男三人が遺体の移動に四苦八苦しているころ、重行は俵屋の道場でお俊と分銅鎖の演武に興じていたことになろう。

「いえ、まだ、これで終わりではありませんでね。あたしはまたもや、ハタと気づいたのです。そのときは、全身から熱い汗が噴き出す気分でしたぞ。

宮脇さまは長襦袢《ながじゅばん》だけの姿で、ふんどしもしていないではありませんか。

これでは、美談が嘘とばれてしまいます。

そこで、お幸とお恵に手伝わせて、大慌てで遺体に着物を着せたのです。しかし、これが思いのほか大変でしてね。とくに、ふんどしを締める段になると、あたしも、よくわからないのですよ。人のふんどしを締めてやったことなど、ありませんからな。

ところが、お幸のやつ、

『大家さん、男なんだから、ふんどしの締め方ぐらい知っているでしょうよ。しっかりしてください』

と、あたしを叱りつけるのですからな、まったく。

それでも、どうにか宮脇さまの着付けを終えたところで、中村さまが駕籠を連れてやってきましてね。

供をしてきた中間ふたりが宮脇さまの遺体をかかえて駕籠に押し込み、帰っていったというわけです。

立ち去るに先立ち、中村さまから金一封がありましてね。桑名藩からの謝礼と考えてよいでしょうな。

宮脇典膳さまの遺体を守ったお幸・お恵母娘に対して、金一封。宮脇さまの手当てをした医者の竹田玄朴先生に金一封。そして、いろいろ尽力した大家のあたしにも金一封というわけです。

ところで、ご隠居の名を出すわけにはいきませんからね。ご隠居にはいろいろ知恵をいただいたのですが、そんなわけで、ご隠居には金一封はありません。申し訳ないですが」

「いえ、それでかまいません」

重行は自分の名が出なくてよかったと思った。

なまじ、町奉行所の元役人がかかわっているのがわかると、桑名藩は用心をして、すんなり遺体を引き取らなかったかもしれないからだ。

「それにしても、ご苦労でしたな」

「いえいえ、ご隠居にもいろいろお世話になりました」

三郎兵衛は帰り支度をしながら、最中の月の最後のひとつを口に放り込んだ。

（七）

宮脇典膳の遺体が桑名藩の藩邸に引き取られた翌日の昼前、お恵が深皿を手にして現れた。

「鰈《かれい》の煮付けを作ったので、食べてくださいな。作ったのは、おっ母《か》さんですけどね」

成島重行はさきほどから、近所から煮魚のいい匂いがただよってくるのは気づいていた。朝から、お幸は鰈の煮付けを作っていたことになろう。

見ると、大皿には鰈の大きな切身が二片、入っていた。

下女のお亀に深皿を渡したあとも、お恵は土間に立って、もじもじしている。

重行は礼を述べたあと、相手が何か話したいのだと察して、声をかけた。

「よかったら、上がってくれ」

「はい、でも、ここで」

お恵は上がり框《がまち》に腰をおろした。

重行が言った。

「昨日、わしが留守をしているあいだに、宮脇どのの遺体は引き取られたようだな。いきさつは、大家の三郎兵衛どのから聞いておる」

「へい、金一封ももらいましたしね。煮魚はおすそわけです」

「それは気を遣わせたな」

母娘《おやこ》は、重行には金一封がなかったことに、やや気が咎《とが》めるものがあるのかもしれない。

重行はお恵の表情に気づいた。

「どうした、浮かない顔をしておるが」

「そりゃあ、そうですよ。このままでは、おっ母さんとあたしと、口が干上がってしまいますからね」

「そうか、そなたの商売は中断したままだな。口入屋で次の旦那をさがすのではないのか」

「それが、今回のことで妾稼業は、つくづくいやになりましてね。ご隠居さん、どう思いますか」

「わしは商売のことはよくわからぬのだが、商家や料理屋などで、多くの女が働いておるぞ。おまえさんの器量なら、雇ってくれるところはあろうよ。妾をしているよりは、よいと思うがな」

「ああいうところで働く女の奉公人は女中か下女ですが、みな住込みですからね。しかも、給金は雀の涙です」

「ふ〜ん、そうか」

重行は自分の世間知らずを痛感する。

住込みという働き方は、最低限の衣食住を保証される。だが、そのぶん、あきれるほど薄給だった。

お幸・お恵の母娘の場合、母親が家事全般を引き受けているのは重行も察しが付いていた。娘が妾稼業で金を稼ぎ、母親が下女役をになうことで、母娘の生活が成り立っていたのだ。

ところが、お幸とお恵がそれぞれ住込みで働けば、母娘一緒に生活することはできない。

「それに、妾稼業だったので二階長屋に住めたのです。このままでは、そのうち母娘ふたり、平屋で四畳半一間の、棟割《むねわり》長屋の暮らしになるでしょうね」

お恵が泣き声になった。

妾稼業は女中や下女にくらべ、はるかに高収入だったのだ。長屋の住人が母娘を羨《うらや》ましがっていたのもわかる。

重行がなだめた。

「大家の三郎兵衛どのに相談してみてはどうか。まあ、わしもそれなりに考えてはみるが」

そうは言ったものの、重行にあてはなかった。自分でも、気休めを言っているなと思う。

お恵が指で涙をぬぐい、

「まだ、温かいですよ。温かいうちに食べてくださいね」

と言うや、腰をあげる。

重行は急に、お恵がいじらしくなった。どうにかしてやりたいと切に思うが、自分の無力を感じる。

お恵が去ったあと、気を取り直すように重行が言った。

「ちと早いが、せっかくだから魚が温かいうちに、昼飯にしようか」

「へい、では、いまから」

お亀が膳《ぜん》を用意した。

冷飯に、朝食の残りの青菜の味噌汁、沢庵、それに鰈の煮付けである。

重行は箸《はし》で鰈の身をほぐした。純白の身が現れる。その純白の身を、黒い煮汁にちょっとひたし、口に入れた。

(ほ〜お、うまいな)

塩辛い味付けだが、ほのかな甘みもある。その濃厚な味付けが、淡泊な鰈の白身になんともいえぬうまみをあたえていた。濃厚さが淡泊さを引き立たせていると言おうか。

鰈の身を口に入れると、すぐに飯を食べたくなる。飯を食べると、すぐに鰈を食べたくなるほどだった。

重行は成島家でも鰈の煮付けは食べたことがあった。だが、お幸が作った煮付けは、かつて母と下女、あるいは妻と下女が作った煮付けとは別物と感じられるほどのうまさだった。

同じ鰈でありながら、この違いはなんなのか。

「ご隠居さま、あたしは、こんなおいしい魚の煮付けを食べたのは、生まれて初めてですよ」

お亀がしみじみと言った。

それを聞いて、重行の頭に閃《ひらめ》いたものがあった。

*

重行が顔を出すと、お幸とお恵は険悪な表情で向かい合っていた。

これからどうするかで、もめていたのであろう。おそらく、母親は早く次の旦那をきめろと迫り、娘は渋っていたに違いない。

煮付けの礼を述べたあと、

「ちょいと、よいですかな」

と、重行は上がり框に腰をおろした。

一昨日、家には上がっているが、二階に直行した。しかも、死体騒ぎにふりまわされ、家の中をゆっくりながめる余裕はなかった。重行は改めて家の中に目をやった。

裏長屋にしては、台所に置かれた鍋《なべ》や皿、丼《どんぶり》、鉢《はち》などの数が多く、多種多様な気がした。しかも、きちんと整理整頓《せいとん》されている。

「そなたは料理が得意なようだな。とても素人《しろうと》とは思えぬぞ。どこかで修業したのか」

重行がお幸に言った。

ようやく、お幸の顔がほころんだ。

「おや、ご隠居さんは舌が肥えているのですね」

「いや、そういうわけではないのだがな。煮付けはこれまでに食った物にくらべて格段にうまかったので、素人の料理ではないなと思った」

「そうですか。じつは、あたしは嫁入りする前、仕出料理屋で下女奉公をしていましてね。料理場の下働きをしていたのですが、料理人があたしが器用なのに感心して、けっこう料理をまかせてくれたのです。そこで、料理を覚えましてね。

その後、仲人をしてくれる人がいて、一膳飯屋に嫁に行ったんです。あたしの作る総菜は評判がよくて、それなりに流行ったんですよ。ところが、お義父っさんとおっ義母《か》さんが生きているうちは亭主は真面目だったんですが、ふたりが死んでしまうと、道楽を始めましてね。しかも、酔っ払ったあげく喧嘩《けんか》をして、あっけなく死んでしまいましたよ。亭主が作った借金のカタに店はとりあげられてしまうし。あたしは、この子を抱えて、大変でしたよ。

その後の苦労は、くだくだしくなるので、はぶきますけどね。

この子が妾稼業をしてくれるようになって、ようやく楽になったのですよ。ところが、もう、妾はいやだなんぞと、わがままを言い出しましてね。なんのために苦労して育てたのか、わかりゃしない」

言い終えるや、お幸がお恵を睨《にら》む。

お恵はそっぽを向いていた。

「そのことだがな、もう一度、一膳飯屋をやってはどうだ」

「無理ですよ」

「もちろん、最初からは無理だ。店を借りるにしても、それなりの金がかかるだろうからな。

だから、当面は、ここで始めるのはどうか。最初は総菜屋がよいかもしれぬ。飯も食いたい者には、上がって食ってもらえばよかろう。

母親が料理、娘が客の応対をすれば、うまくいくような気がするのだがな」

「でもねえ」

「さいわい、二階長屋だ。ふたりは二階で生活して、一階は店にすればよかろう。大家の三郎兵衛どのには、わしが口添えしてやるぞ。場合によっては、長屋の持ち主である俵屋新右衛門さんに掛け合ってもよい。

当面はここで商売をして、繁盛すれば表通りに店を出せばよいではないか」

「そうですねえ、あたしは料理は好きなんですよ」

いつしか、お幸の顔が真剣になっている。

その気になってきたようだ。

娘の方を向いて言った。

「店を出したら、おめえに婿《むこ》をもらおうかね。そうしたら、あたしも孫を抱けるかもしれない」

「気の早い話だね」

お恵は笑ったが、まんざらでもないようだ。

お幸がしんみりと言う。

「おめえに妾商売をさせていたけど、あたしも本当は孫のいる暮らしがしたいと思っていたんだよ」

「おっ母さん……」

お恵が鼻をすする。

重行はそろそろ腰をあげるべきだと思った。

＊

重行が戻ってしばらくすると、草虫が顔を出した。

「お隣の母娘《おやこ》と随分、話し込んでいたようですが」

「ああ、見えましたか。ちょいと、これからの生活について話をしていたのですがね。

隣で、総菜を売る店を始めるかもしれません。母親のお幸はなかなかの料理上手ですし、娘のお恵は客あしらいが上手なので、うまくいく気がしておるのです」

「おや、そうですか。それは助かりますな。

下男の権助は飯炊きはできるのですが、料理と言っては、包丁で沢庵を切るぐらいですからな。まったく役に立ちません。それで、これまで出前を取ったり、屋台店や一膳飯屋で総菜を買ったりしていたのです。

目の前で総菜を売っていれば、便利ですぞ。ふむ、それはいい」

草虫は本当に喜んでいるようだ。

お得意になるのは確実であろう。

重行は、お幸の料理を一度、草虫に試食させてみるのがいいかもしれないと思った。なんといっても、舌が肥えている人間と言えば草虫であろう。

しばらく雑談したあと、草虫が口調を改めた。

「野田の山本屋清左衛門さんと唐歌から手紙が届きましたぞ。ふたりとも、重行さまにくれぐれもよろしく申してくれと、書いていました」

重行は唐歌を思い出すと、ちょっと胸が締め付けられる気がした。最後に握られた手の感触がよみがえる。

「ほう、ふたりは、どうしておるのですか」

「唐歌、いや、いまは名を改めて、お路《みち》ですが、すっかり野田に落ち着いたようです。

それどころか、いまや山本屋の顔のようですぞ。これは清左衛門さんが書いているのですが、『お江戸の吉原で全盛だった花魁《おいらん》の顔をひと目拝みたい』と、山本屋には客が詰めかけているとか。

おかげで、商売も繁盛しているようです」

「ほほう、看板娘ならぬ、看板女房ですか」

「なかなか、うまいことを言いますな」

草虫が感心している。

重行がややしんみりと言った。

「お路どのに子供ができるといいですな」

「いや、それは難しいかもしれません。女郎上がりの女は、子供はできにくいと言われていましてね」

草虫がつらそうな顔になった。

遊女時代の性生活が原因ということであろう。これも、吉原の闇のひとつなのかもしれない。

重行はさらなる質問は遠慮した。

草虫が言う。

「清左衛門さんが、ぜひおふたりで野田に遊びに来てくれと書いていましてね。深川にある山本屋の出店が舟を用意してくれるそうですぞ。先日も申し上げたように、歩かずに野田まで行けます」

「そうですな」

重行は曖昧《あいまい》な返事をする。

もちろん、お路に会ってみたい気はある。だが、やはり唐歌のときの思い出だけにしておいたほうがよいのではあるまいか。

まさに、

君と生きながら別離す

であろう。

そのほうが、自分の号にふさわしいと思った。

本書は書き下ろしです。

ご隠《いんきょ》居同《どう》心《しん》

永井《ながい》義男《よしお》

令和5年 7月25日　初版発行

発行者●山下直久

発行●株式会社KADOKAWA
〒102-8177　東京都千代田区富士見2-13-3
電話　0570-002-301（ナビダイヤル）

角川文庫 23741

印刷所●株式会社暁印刷
製本所●本間製本株式会社

表紙画●和田三造

●お問い合わせ
https://www.kadokawa.co.jp/（「お問い合わせ」へお進みください）
※内容によっては、お答えできない場合があります。
※サポートは日本国内のみとさせていただきます。
※Japanese text only

ISBN 978-4-04-113656-0　C0193

◇◇◇

角川文庫発刊に際して

角川源義

第二次世界大戦の敗北は、軍事力の敗北であった以上に、私たちの若い文化力の敗退であった。私たちの文化が戦争に対して如何に無力であり、単なるあだ花に過ぎなかったかを、私たちは身を以て体験し痛感した。西洋近代文化の摂取にとって、明治以後八十年の歳月は決して短かすぎたとは言えない。にもかかわらず、近代文化の伝統を確立し、自由な批判と柔軟な良識に富む文化層として自らを形成することに私たちは失敗して来た。そしてこれは、各層への文化の普及滲透を任務とする出版人の責任でもあった。

一九四五年以来、私たちは再び振出しに戻り、第一歩から踏み出すことを余儀なくされた。これは大きな不幸ではあるが、反面、これまでの混沌・未熟・歪曲の中にあった我が国の文化に秩序と確たる基礎を齎らすためには絶好の機会でもある。角川書店は、このような祖国の文化的危機にあたり、微力をも顧みず再建の礎石たるべき抱負と決意とをもって出発したが、ここに創立以来の念願を果すべく角川文庫を発刊する。これまで刊行されたあらゆる全集叢書文庫類の長所と短所とを検討し、古今東西の不朽の典籍を、良心的編集のもとに、廉価に、そして書架にふさわしい美本として、多くのひとびとに提供しようとする。しかし私たちは徒らに百科全書的な知識のジレッタントを作ることを目的とせず、あくまで祖国の文化に秩序と再建への道を示し、この文庫を角川書店の栄ある事業として、今後永久に継続発展せしめ、学芸と教養との殿堂として大成せんことを期したい。多くの読書子の愛情ある忠言と支持とによって、この希望と抱負とを完遂せしめられんことを願う。

一九四九年五月三日